Cosecha
de
Pecadores

Rima de Vallbona

Editorial Costa Rica

COSECHA DE PECADORES
© Rima de Vallbona
© Editorial Costa Rica
Apartado Postal 10.010-1.000,
San José, Costa Rica.
Primera edición 1981.
Aprobada por el Consejo
Directivo en Sesión No. 1179.

Dirección editorial de Dennis Mesén.
Supervisión y Control de Producción
al cuidado de Germán Hernández.

Composición tipográfica de Marden Vargas.
Corrección de Hernán Elizondo Arce.
Diseño de cubiertas y montaje de
Sonia Calvo.

Hecho el depósito de ley.

Impreso y hecho en Costa Rica
por Imprenta Nacional en el mes de febrero
de 1988, con un tiraje de 2.000
ejemplares en papel bond con forro
de cartulina barnizable.

COSECHA DE PECADORES

IMPRESO POR IMPRENTA NACIONAL.
LA URUCA, SAN JOSE, COSTA RICA, APDO. 5024

INDICE

A Vesta, modelo para mí de perfección, orden, arte y verdad; hermana mayor para aconsejarme, aplacar mis miedos de la infancia y darme siempre una mano en las tribulaciones, amiga entrañable que vive aniquilando el vacío de mis soledades y el temor de andar sin compañía el camino a la muerte. Para ti, Vesta, hermana y amiga, mi agradecimiento y mi afecto.

EL HONDON DE LAS SORPRESAS*

*A Juliette Decreus, quien ha penetrado
como nadie la incierta esencia de mis
cuentos.*

El espejo de todos los días, el que proyecta en la
mañana la imagen soñolienta de mi cara, y en la noche, la imagen cansada, con un día menos de vida y
un día más de muerte. El espejo de todos los días,
el que refleja gestos inútiles de esperanza, fe, dicha,
desesperación, desaliento y lágrimas pasajeros; el ansia
del hijo que se lleva en las entrañas; el anhelo y desengaño del amor; la risa, el contento; el dolor, la rabia;
el gozo de un instante. El espejo de todos los días, el
que enmarca la cotidianidad del ademán agotado, del
repetido maquillaje, del interminable desvestirse y
volverse a vestir para andar por el mundo encubriendo
desnudeces, fealdades, verdad de músculos, huesos,
coyunturas, venas, tendones, vellos, pestilencias.

El espejo de todos los días, aquí, frente a mí, rec-
tangular, me encuadra entera y me hunde en otra
dimensión inesperada. Miro mi cara y ocurre la primera sorpresa. El corazón me da un vuelco tal, que todavía ahora lo siento palpitar: ahí está frente a mí el

* Publicado en *Revista Chicano-Riqueña* (Houston), No. 4 (otoño
1980), pp. 35-37, y en francés, "Le tréfonds de la surprise", *Fer de
Lance* (Francia), No. 111-112 (julio-diciembre de 1980), pp. 12-14.

11

encarnizado enemigo. Tengo miedo porque las pupilas que me miran desde el espejo —al principio creía que eran las mías—, son las de la muerte, y yo, de este lado, no conozco ningún exorcismo contra ella; sólo poseo este envejecido y decrépito cuerpo y los últimos residuos de ánimo para seguir viviendo. De cerca, al arrimar la cara a la superficie de azogue, veo los cuévanos de la muerte, ávida de mí, de precipitarse sobre mí y devorarme hasta dejar de este lado —donde parece que vivo—, un despojo que hay que cubrir de mortaja, de ataúd y de tierra para que en el mundo no haya desperdigadas más inmundicias.

En mi intento por vencer a la muerte, esgrimo contra ella el largo proceso de mi intensa vida, medio siglo de lágrimas y risas, más lágrimas que risas. Pero la superficie del espejo tritura, aniquila con sus reflejos y engaños mis segundos, minutos, horas, días, semanas, meses, años, décadas. Mi medio siglo entero queda convertido en una nada aterradora, más dolorosa que mi dolorosa vida. Entonces comprendo que morir y ser nada es una simple operación cuando nos aferramos a las apariencias del espejo, de la palabra, del gesto. ¿Pero cómo salvarnos si somos ostras arraigadas en los fingimientos, en todos los reflejos y engaños de la realidad? No podemos salvarnos, porque sería trasgredir la superficie del espejo, de la palabra, del gesto, que son la vida misma. Sería entrar en el espejo y confrontarnos con la última realidad.

La vana esperanza de hallarme con un residuo de algo, me lleva a contemplar de nuevo mi imagen proyectada en el espejo, mis propias pupilas-cuévanos-de-la-muerte. Es tanta mi necesidad de ese algo anulador de la nada, que de pronto mis contornos reflejados se van haciendo el mapa extenso de un país, —lleno de arrugas, me lo dijo Mariana mi hija; me dijo que viera en el espejo lo vieja y caduca que me estoy poniendo—, de un continente, de un mundo, pero un mundo asolado por guerras y muertes, destrozado, triturado, como un gigantesco rompecabezas. Es entonces el odio, la maldad, la envidia, la venganza, la violencia, los que cobran cuerpo y atiborran la superficie del espejo. Observo ahí, en simultánea visión, a más de novecientas personas cometer en la Guayana un suicidio forzado en masa; y que explota una planta nuclear; y que están inventando otro proyecto mortífero; y que la esposa mata al marido; y que el hijo mata a padres y hermanos; y que yo... yo... ¿quién soy yo en esta multitud de odios y muertes? Soy un pedacito mínimo de envidia, de mentira, de crueldad. No soy necesaria en el mundo, pero sin mí no estaría completa la maldad del mundo. Yo... yo no puedo ya más: inmersa y aprisionada en el espejo, experimento de golpe la angustia del infierno.

Sé que no puedo mirar más porque ahora mi imagen es... Oh no, el zopilote monstruoso está listo para atacarme. En ese momento ocurre mi mayor sobresalto: descubro un extraño parecido entre el zopilote y yo. Lo examino y compruebo que ese animal despreciable, monstruoso, inmundo, relleno de carroña, soy yo misma, y tengo unas ganas tan grandes de llorar, que me parece que toda el agua contenida dentro de mi piel va a chorreárseme por los ojos. Echo mano al frasco de Fenobarbital y me aferro a él como a una tabla de salvación: pienso en Nietzsche y creo que sí, que cuando ya no queda ninguna esperanza en la vida, el suicidio es la última salida.

Este pajarraco que me mira desde el espejo soy yo, despreciable, monstruosa. Convencida de que ya no tengo salvación, me aferro más al frasco de Fenobarbital. Lo abro con ansiedad, como el único escape a mi condena de seguir viviendo. En ese mismo instante entra Mariana a buscar el espejo de mano... Antes de que ella se percate de mi horrendo estado, corro precipitadamente a ocultar mi despreciable aspecto de zopilote en lo más oculto del cuarto. Extrañada, Mariana me pregunta qué busco debajo de la cama y me llama mamá. Me llama mamá. Yo tiemblo, tirito de miedo; miedo de que Mariana se asome debajo de la cama y compruebe que sí, que su madre es un despreciable zopilote. Me mira preocupada y me pregunta, ¿qué hacés ahí metida, mamá? ¿Has perdido algo? ¿Te ayudo a buscarlo?

Pasados unos momentos, me repito que Mariana me llamó mamá y me reconoció en ese pajarraco asqueroso. Entonces compruebo, con el más hondo desaliento, que eso, sólo un zopilote asqueroso, he sido yo todo el tiempo. Ahora lo descubro, ahora que tuve el valor de ir levantando una a una las capas del simulacro para llegar a la hez de la verdad que tanto me ocultaba el espejo-reflejo-apariencia. A ella, Mariana, mi hija, no le sorprende mi aspecto, ni se asusta, porque desde niña me ha visto tal cual soy, y se ha acostumbrado. Ahora es evidente por qué a veces sorprendo en ella asomos de vergüenza cuando está conmigo, y cómo trata en algunas ocasiones de ocultarme a sus amiguitos. Su gesto hacia mí siempre se me pareció al gesto mío de niña cuando encerraba algún escarabajo o alimaña en una caja y lo privaba para siempre de luz. Acostumbrada a mi despreciable monstruosidad —¿quién quiere tener un zopilote por madre?—, ¿por qué se va a horrorizar Mariana hoy? Para ella todo sigue igual que antes y sigue preguntándome:

—¿Pero qué buscás ahí debajo de la cama, mamá? ¿Te ayudo a buscarlo?—. Abro con determinación inquebrantable el frasco de Fenobarbital...

* EL NAGUAL DE MI AMIGA IRENE

Los naguales son espíritus que bajo la forma de animal o pájaro presiden el destino de los hombres. Estos reciben su propio nagual cuando entran en el bosque y duermen entre las aves y las bestias. Ahí soñarán con uno, o cuando se despierten, se encontrarán con su espíritu guardián. [...] Los naguales se vuelven invisibles y viajan velozmente de un lugar a otro.

I. Nicholson

Daniel es sólo un nombre que me viene de tarde en tarde desde México, en las cartas de mi amiga Irene. A pedacitos, carta a carta, desde hace más de diez años, voy reconstruyendo con afán esa misteriosa realidad humana que lleva por nombre Daniel. No me atrevo a preguntarle a Irene directamente, porque algo dentro de mí me dice que en el nombre y en la vida de Daniel hay un coto cerrado para los que vivimos ajenos al impenetrable rito de su existencia. En el laberinto de parrafadas triviales concernientes a la literatura, el arte, la poesía que es nuestro común queha-

*   Publicado en *La Palabra* (Arizona), No. 1-2 (primavera y otoño 1983), pp. 151-57.

cer; entre comentarios de que este mundo, tal como va es el acabóse y ya-no-hay-nada-que-hacer; entre el barullo de palabras necias cargadas de quejas que son siempre las mismas, gastadas ya de tanto escribirlas, pregunto a Irene por Daniel y ella, siempre en el último párrafo me contesta que está bien, bastante bien después de unos días en cama, o en el hospital. Entonces deduzco que Daniel tiene una salud precaria o padece algún mal incurable. Sin embargo no me atrevo a inquirir cuál es y continúo recogiendo frases sueltas de las cartas que me van trayendo pedazos de Daniel:

"La plácida vida de mi Daniel transcurre entre nimios hábitos poéticos y largos paseos por el bosque. ¡Es tan feliz en su repetido mundo!"
"Daniel no quiso ir conmigo a Gualadajara a recibir el premio de poesía que me otorgaron por mi último libro. A él no le gusta romper la tersura de su rutina que tiene un no sé qué de lírico y trascendental".
"Pasaré un año como profesora de poesía en la Universidad de Winnepeg y lo mejor de todo es que Daniel accedió a venir conmigo. Dejar su pequeño mundo infinito y acompañarme es para él una empresa digna de encomio... hay que reconocer que una separación de un año, ni él ni yo la podríamos sobrellevar. Pobre mi Minou adorado, ¡cuánto hace por tenerme contenta!"

17

Era la primera vez que Irene lo llamaba Minou, y yo, extrañada, hube de recurrir al diccionario: *"Minou"* — voz francesa que en el lenguaje infantil designa el gato. Minino. *"Misingo"*.

A los párrafos de sus cartas se agregaron los comentarios dispersos de amigos con datos que iban delineando con más precisión la imagen efuminada de Daniel:

—Daniel es un misántropo, —me explicó alguien—. Vive en aquel caserón cultivando rosas y leyendo minuciosos libros y artículos sobre ferrocarriles. Si hay un experto en la materia que no sea ingeniero ni haya manejado una locomotora, ése es Daniel. ¡Vaya inútil ocupación la que llena su vida! Porque mirá que si hay algo inútil en este mundo y sin interés alguno son los datos nimios de trenes, sus tuercas, engranajes, pistones, cilindros, válvulas, fuelles; su locomotora de vapor o eléctrica, ténder, vagón, batea; sus marcas, calidad y velocidades. La verdad es que no podía haber encontrado nada más inservible después de haberse retirado joven de su brillante carrera de profesor de administración y negocios.

¿Inútil? ¿Inservible? Visto a la luz de ese juicio tan lapidario, ¿hay algo en esta vida que sea real y rotundamente útil? Este tecleteo de mi máquina en mi vano esfuerzo por reconstruir un evanescente arcano, ¿no es tanto o más inútil que acumular apuntes sobre ferrocarriles? La verdad es que todo acto nuestro, comer, pasear, leer, escuchar música, trabajar en una planta nuclear o en la colecta de la basura, el quehacer doméstico, las conversaciones y diversiones diarias, las noticias meticulosas del periódico, la radio, la televisión, todo, absolutamente todo es inútil; es uno y lo mismo, marcado por el inexorable esfuerzo igualitario de hay-que-matar-el-tiempo-mientras-tanto.

En otra ocasión alguien comentó que Daniel era un solterón empedernido. De joven se enamoró locamente, sufrió un descalabro sentimental, sanseacabaron las mujeres para él, y con ellas se le cerraron las espitas del erotismo.

Así, a pedacitos, fue tomando forma la imagen de Daniel-Minou-Minino-Misingo y yo comencé a comprender poco a poco que su tragedia no era la enfermedad, ni el corazón, ni el descalabro amoroso de su juventud, sino su necesidad de comunicarse intensa y profundamente con los otros para establecer un contacto más allá de la sensación, el sentir y el razonamiento. Hacía esfuerzos sobrehumanos para abrir todos los entresijos de su ser y tocar a los demás con invisibles tentáculos íntimos, pero este esfuerzo lo aislaba más. Por aquellos días creí que al fin yo había podido llegar al poso de su verdad y que su misterio no me atosigaría ya más.

Recibí de rondón un telegrama en el que Irene me comunicaba con desesperanza que ya nada tenía sentido en la vida porque Daniel había muerto.

"Cuarenta y ocho años de mi vida acabo de enterrar. Ahora es de la tierra y no mío", decía una nota escrita con mano temblorosa y desganada, la cual me llegó mucho después. Entonces lloré —no sé todavía

por qué; quizás por la soledad amarga de Irene— la muerte de aquel ser que había venido a mi vida en pequeños trocitos y que distaba mucho de quedar completo en mi memoria. Ya no había duda alguna de que ahí terminaba para mí la realidad inconclusa de Daniel. No sospechaba lo que iba a descubrir después. Hay cosas que por lo inesperadas causan más sorpresa.

Al llegar el verano cargado de soles bochornosos que reverberaban en la humedad vaporosa de todas las esquinas, llegaron las vacaciones y el descanso de mis deberes docentes. Entonces me vine a México a traerle con mi amistad una migaja de consuelo a la desolada Irene que me escribía penosas cartas llenas de agonía y desesperación:

"No es dolor lo que siento —me escribía Irene—, sino un vacío indefinible que sólo la muerte puede llenar... porque ya lo único para mí es poner mano sobre mano en el regazo, y morir..."

Me desgarraban las cartas de aquella madre sin consuelo ni amparo. Y ahora es más desgarrador verla porque ella sigue viviendo apacible y resignadamente. Mientras permanezco a su lado en México, no derrama una sola lágrima. Sin embargo lleva el alma empapada en lágrimas. Además, está poseída por dentro de una avasalladora rebeldía:

—La idea de que hay un más allá, no representa nada para mí —me repite incesantemente—. Ser parte de un todo, o disolverse en una fuerza omnipotente cualquiera a la que algunos llaman Dios, no enjuga

20

una sola de mis lágrimas. Porque mentira que *"allá"* nos vamos a encontrar y hola, viejos, aquí estamos reunidos de nuevo como antes, igualito que antes. Yo lo que anhelo es volver a tener a Minou conmigo, departir con él, pasear a su lado por el bosque, reír sus bromillas (porque tenía un humor que apuntaba en cada una de sus frases), saborear sus agudas observaciones perrunas sobre las personas que conocía, y oírlo responderme *"miau-miau"* cuando yo lo llamaba desde la puerta del vestíbulo (la gatera la llamaba Daniel), al entrar de la calle.

Fue aquí, en México, donde conocí otros matices de Daniel, los cuales fueron abriéndome túneles ignotos a su mundo mágico. Irene me contó que a todos y cada uno de los seres que amaba, les asignaba un nombre de perro. Por la cara cuadrada y los ojos tristones, T era la San Bernardo y sus hijos los San Bernarditos. Por su aire policial y defensivo, D era el Mastín. La coquetería y menudez de H lo llevaron a llamarla Falderilla. A Irene le decía Lebrel. Por lo mismo aquel claro del bosque cerca del estanque donde iban a bañarse los perros que salían a sacudirse jaraneros junto a sus amos, lo llamaba el Parque de los Chuchos. Al regresar de su largo paseo cotidiano, respondía a la pregunta de su madre de si algo nuevo había en el bosque:

—Nada. Sólo perros llevando de la traílla a sus amos. Sólo perros... perros que ladran amenazadores a tu Minou.

Minou: fue esa mínima palabra de cinco letras la

que despertó en mí la extraña inquietud de que Daniel era un ser mítico emparentado con los felinos sagrados del Nilo. O quizás más bien el nagual de Irene... Irene, con su fragilidad desmenuzada en profundos versos que no son sólo escritura, sino desgarramientos de su propio ser, probablemente un día cualquiera durmiera en el bosque entre pájaros y bestias y al despertar de su sueño poético encontrara su nagual inseparable, su Daniel-Minou-Minino-Misingo.

Daniel-Minou... al descubrir la clave de esta palabra, todo comenzó a instalarse inadvertidamente en una zona misteriosa de la que yo comencé a formar parte con la más indescriptible de las emociones. Ahora no sé cómo explicarlo y hasta me temo que me falten palabras para captar la intensa belleza de estos días vividos en el México de Daniel-Minou-Nagual.

Daniel amaba entrañablemente las rosas. Las cultivaba con esmero y pasión. Cada año esperaba la primavera con ansiedad para extasiarse en aquellas perfectas formas, colores, aromas.

—El año pasado las rosas, quizás porque presentían la muerte de Minou, fueron pequeñas y muy pocas... ¡tan pocas y tan pequeñas!—, comentó Irene con tristeza, como si estuviera mirando la cara desolada de Daniel ante su jardín desflorecido.

Este año, entrado junio ya, ante el gran ventanal de mi recámara, las rosas de Daniel se abren enormes en una lujuria de colores y aromas que sobrepasan mi imaginación. Son estas rosas gigantescas y es el interminable trinar de pájaros que a toda hora me viene

22

del rosal en las más maravillosas y largas escalas y tonalidades sonoras, la causa de lo que intento contar ahora y todavía no sé si podré.

Todo ocurre en esta hermosa alcoba asoleada que se abre desde el tercer piso al rosal fragante. Aquí yo permanezco presa en una jaula invisible hilada de trinos, trinos agudos, trinos graves, trinos sostenidos, alargados, altos, bajos, gorgoreantes. Yo vivo estos días transida por la polifonía de trinos que entra a raudales por el ventanal abierto y satura mi habitación y todos los recodos de mi ser. Entonces es cuando la ausencia presente de Daniel-Minou-Nagual se me hace palpable; Daniel sólo murió físicamente aquel amanecer de setiembre, cuando se desplomó sobre su cama y exhaló los últimos estertores de la muerte; el ruido que produjo su corpachón de más de cien kilos al caer fulminado por la muerte, despertó a Irene. Esta, sin sospechar que aquel golpe era el último ruido que haría Daniel en la casa, se levantó muy alegre porque había soñado que un gato de angora blanco, de grandes ojos de miel, había entrado al jardín y le decía que venía a instalarse en su casa a partir de aquel momento para que ella se cuidara de él. Irene quiso rechazarlo por no lastimar a Daniel:

—Tú sabes, minino, que a Daniel no le gustan los animales en la casa porque representan una competencia difícil. Se va a disgustar si te ve entre sus rosales—, le advirtió severa.

—No se preocupe, señora, que no dirá ni tus ni mus, se lo aseguro. No tendrá más remedio que aceptarme. No le queda otra alternativa.

23

Irene, riendo, se levantó a contarle a Daniel que había encontrado un bello gato que hablaba un castellano impecable... pero las palabras se le atragantaron cuando vio a Daniel echado sobre la cama en su última agonía.

Han pasado muchos meses después de la tragedia. Sin embargo, desde el momento en que yo puse los pies en esta casa, experimenté la sensación de que Daniel nunca se había marchado de aquí; que en cada rincón, en cada libro relativo a locomotoras y ferrocarriles aletea un algo de él tan vivo y tan palpable que muchas veces lo siento respirar cerca de mí. Por eso me sobresalté cuando abrí al azar el libro de Irene y topé con estos versos suyos:

¿Por qué no vienes a la claridad del día
si es cierto que eres hombre y no un fantasma?

Rodando en mi memoria, estos versos siguieron repitiéndose como fórmulas rituales de un ceremonial de inminente reclamo: *¿Por qué no vienes a la claridad del día... Por qué no vienes...?* Así, no me extrañó sorprender a Irene dialogando con él una mañana:

—Minou, mi tierno Minou, tus rosas de junio han brotado más grandes y bellas que nunca... para ti... ¡míralas qué hermosas y cuánto aroman la casa entera!

Todos los días, tempranito, Irene corta un ramo de rosas y lo coloca en la cómoda de Daniel, junto a su fotografía. Entonces el aroma intenso de rosas y el trinar lujurioso de los pájaros afuera, se vuelven hilos invisibles que me ponen en contacto con un más allá insospechado. Todo ocurre en mi alcoba donde inadvertidamente yo me interno en otra dimensión en la que veo claramente a Daniel-Minou y reconozco su esencia de nagual. Bajo el sol recio de esta tersa mañana de junio, al fin hoy se concreta su ser y queda enmarcado por mi ventanal, por el reborde de rosas y el aire cuajado de trinos: el gato de angora —Daniel-Minou, nagual de mi amiga Irene—, blanco, tan blanco que irradia blancura cegadora bajo los fulgores de la mañana, me mira persistentemente con la indiferencia de los que están más allá de la vida y de la muerte... y yo, a la altura de un tercer piso, lo miro desde la desolación de mi efímera fragilidad de carne y hueso y es tanta mi ansia de penetrar en su región paradisíaca, tanta, tanta, que...

* MAS ALLA DE LA CARNE

Cada año, por esta fecha, lo mismo en Corpus Christi: el mar sucio y embravecido, el cielo plomizo, y ese viento que ulula interminablemente con un largo quejido de alma en pena, inmenso, ubicuo, y que se cuela por las rendijas del cuartucho de hotel de tercera. Una no se puede meter al agua porque está fría y el cuerpo sale negro de arenilla, tierra, inmundicias, alquitrán. Las gaviotas planean llenando de altivo movimiento el gris del cielo, y quizá eso, las palmeras, el jazmín del cabo que florece en estos días, me trae todos los años a pasar una semana fuera de la ciudad de los rascacielos; las gentes también, por su actitud acogedora de chicanos, hablan mi lengua con todos los gestos de sus manos, son vivaces y sencillos.

Mi visita a Corpus Christi es uno de esos actos que hacemos siempre convencidos no sólo de la inutilidad, sino también de que entran en un patrón de costumbres difícil de romper, y eso que en mi búsqueda encarnizada de mí misma, me he vuelto enemiga de costumbres, moldes y sistemas. En mi visita anual,

*   Publicado en *Foro Literario* (Uruguay) No. 3 (primer semestre 1978), pp. 15-17.

hay mucho de inercia y también hay mucho de curiosidad. Mientras conduzco mi auto por las carreteras hacia Corpus Christi entre la lluvia y el viento agresivo que forcejea para empujarme al peligro, voy comprendiendo que la curiosidad es tan fuerte en este caso, como la costumbre. No se trata de la tan mentada curiosidad femenina, liviana y tejida de esos quiero-tener-algo-que-contar-a-las-amigas-cuando-las-vea-y-dejarlas-pasmadas. Mi curiosidad está unida con hilos invisibles al misterio: cada 15 de abril, año tras año, lo mismo a las tres de la tarde, como si yo estuviera citada en el mismo sitio a ver la misma escena de película. Trato de no pensar en el incidente ni en el lugar, trato hasta de quedarme en el cuartucho del hotel haciendo la siesta, pero algo más poderoso que yo, una especie de otro yo que se me sale de adentro y me impone su voluntad, me lleva al malecón a las tres de la tarde de todos los quince de abril, cuando el cielo está más gris y el mar parece una inmensa bocaza ávida de víctimas. Siento entonces una depresión sin límites, como si todo lo que en aquel momento están sufriendo los demás (guerras, hambres, discriminaciones, cataclismos), pesara sobre mi espíritu tanto, tanto, que lo hubiera desfondado. Quiero gritar, echar a correr, pedir auxilio, pero ahí me quedo pasiva y callada; en esta ocasión es mi yo cotidiano el que vence al otro ancestral y dominante.

La primera vez que ocurrió, fui a dar parte a la policía. La segunda, al año siguiente, al ver aquel Volkswagen rojo flotando sobre el agua a corta distancia del malecón, mientras corría para comprobar si había alguien adentro, no me acordé que todo se repetía igual al año anterior, y que al llegar al malecón desde donde habría podido divisar las ventanillas, en ese preciso momento se hundiría el coche y yo no podría saber nada. Fue el policía el que estableció el contacto de los dos hechos: ¿no fue usted, señorita, la que el año pasado hizo la misma denuncia en el mismo estado de histerismo? ¿Olvidó que por mucho que se exploró el lugar minuciosamente por varios días, no apareció el mentado Volkwsagen rojo, placa TOR-250? La policía está muy ocupada para perder el tiempo en locas fantasías de mujer histérica drogadicta... porque ya lo sabemos, le hemos seguido la pista...

Al colgar el tubo del teléfono, me sentí tan absurda, tan indispuesta, que tuve deseos de vomitar larga e interminablemente, vomitar mis entrañas, mis músculos, mis huesos; vomitarme yo misma hasta salirme de mi propia piel y desde afuera poder mirarme y explicarme el misterio de aquello. ¿Era un sueño? ¿Una pesadilla que yo estaría viviendo desde otro plano de mi ser? Veía el Volkswagen rojo, placa TOR-250 hundiéndose en el agua mientras soltaba burbujas, ¡y era tan real la visión! Lo único extraño era la soledad de ese lugar tan transitado por forasteros; también era raro el silencio que me pesaba como si todo el cuerpo del mar reposara sobre mí. No era cierto lo que decían las autoridades, el Volkswagen rojo fue sacado del agua dos horas más tarde y dentro del portaequi-

paje, en posición fetal hallaron una mujer semides-
nuda, muerta a cuchillazos; de sus ojos, horriblemen-
te abiertos, salían manojos de algas negras; se parecían esos ojos a mi doloroso preguntarme por la vida
y su absurdidad, y entonces comprendí que la mujer
muerta y yo... Pero lo más raro es que las noticias en
la televisión ni en los periódicos hablaban del incidente. Busqué afanosamente en el *Corpus Christi
Caller* y en el *Corpus Christi Times*, y nada. ¿Habría
tomado yo una dosis grande de L.S.D. como Eric
que por poco la palma aquel día?

Volvió a suceder el año antepasado y el pasado;
sucedió igual, el mismo 15 de abril, a la misma hora;
esa posición fetal del cadáver y esos chorros de algas
saliéndole por los ojos, ¡qué horror! Entonces me re-
signé a ser el único testigo presencial de un hecho ine-
xistente del que no podía hablar con nadie porque
mis conocidos de aquí me mirarían raro, me creerían
loca. Además, a ellos, amigotes de mi padre, les intere-
sa hablar de la inflación, de la devaluación del dólar,
de la candidatura de Reagan y de Wallace, del nuevo
sedán que compraron, de la separación escandalosa de
la princesa Margarita, de los amantes de Amalia, de las
rencillas conyugales de Aurelio y Celia; y hasta les
gusta discutir frente a mí, mi propia vida privada y
me dicen que haría feliz a mi padre si dejara esa búsqueda escandalosa en vagabundeos que no son propios de una muchacha de mi categoría; que debiera
reincorporarme a la sociedad de ellos, la de los cóc-
teles y trajes escotados y flirteos entre copas de Mar-

29

tini y de jáibol; que es una vergüenza andar de hippie con blue-jeans raídos, sin sostenes bajo la blusa y los cabellos sueltos, sin carmenar, sin cosméticos como las mujeres de veras; y libre, libre como esas gaviotas que planean frente a la ventana de mi cuartucho, libre para aceptar esta noche las caricias ardorosas de Henry, que sólo con sus besos me abre el cielo del orgasmo, y mañana despertar en la cama de Ricardo, entre los olores vivos y agrios del amor que es placer intenso y no costumbre, repetida costumbre de contrato matrimonial. Ellos no entienden lo que es ser yo, la que me entrego violentamente a los desconocidos que recojo en la carretera olorosos a sudor y a hombre-hombre y colman mi cuerpo de ellos hasta el éxtasis supremo. No saben lo que es vivir el presente desmenuzado en todos sus minutos (porque no hay nada más allá), gozando de ese presente cada nueva sorpresa, cada nuevo encuentro, cada nuevo apretón de manos que trasmite a la piel mensajes ocultos de grato estremecimiento o de miedo, como aquella horripilante sensación que traía en su tacto Eric. Recuerdo que él me preguntó azorado, con la más pura mirada de Adán recién salido de las manos del Creador, ¿por qué? Alicia, ¿por qué tienes miedo de mí, por qué tiemblas? Tiemblo de frío, es sólo de frío, Eric. Mucho gusto en conocerte, tiemblo de frío. Amoroso, él me cubrió con una manta mexicana de vivos colores y tibieza de lana pura indígena, pero yo seguí tiritando. No era el frío, era el miedo que me hacía tiritar; un miedo que nunca había tenido, ni siquiera cuando hice por primera vez el amor. Sentí entonces deseos infinitos de echar a correr porque la presencia de Eric, no sé por qué, me traía trozos de recuerdo de mi carrera desaforada para comprobar si había alguien en el Volkswagen que flotaba en el mar, y también a pedazos veía de nuevo hundirse el auto, cuando Eric encendía a mi lado su cigarrillo de marihuana y me ofrecía chupetearlo, y las burbujas que subían mientras el coche se iba hundiendo en el agua, se ensancharon cuando él puso su manaza burda y velluda sobre mi muslo y entonces yo, buscadora de placeres inagotables, conocí el más inexplicable de todos, el placer del goce-horror supremos, conjugados en un momento-siglo: su mano era algo más que su mano sobre mi muslo, era su masculinidad penetrándome más allá de la carne, llegándome hasta donde nadie había llegado dentro de mí, y era también... ¡Oh, no, no, Eric!, ¿por qué a mí que te recogí en la carretera y te traje afanosa a ver a tu madre enferma en el hospital? ¿Qué culpa estoy pagando yo? ¡Eric, estás loco, el L.S.D.! Es un 15 de abril; son las tres de la tarde: veo por última vez el Volkswagen hundiéndose... es mi auto, mi propio auto que se hunde, reconozco el color rojosangre y la placa TOR-250 y esta vez veo que no hay nadie dentro, esta vez he llegado antes de que se hundiera y compruebo que no hay nadie sentado al volante. Después... entro a un vientre oscuro donde reposo en posición fetal el cansancio de vivir vagando en busca de una razón de ser. Y aquí, arrebujada, la paz total... por fin... y este frescor de

agua que va lavando poco a poco mi recuerdo...
ahora... ahora... por fin...

EL LEGADO DE LA VENERABLE
MARIA DE JESUS DE AGREDA

Al Dr. Harvey Johnson, cuyo amor por el mundo hispánico le ha consumido largos años entre papeles amarillentos de bibliotecas y archivos coloniales.

Entre la maraña de gritos y chucherías del mercado la Lagunilla; entre rimeros de libros mosqueados, llenos de polvo y de tiempo, con manchas de viejas tintas y negligencias de los que los manosearon; entre la *Guía práctica del mecánico,* la *Doctrina del buen Chrystiano,* la *Brebe noticia de el hávito y corona de María Santíssima,* está *La Mystica Ciudad de Dios* de la Venerable María de Jesús de Agreda. ¡Nada menos que la edición de 1670! Sólo el primer tomo de la *Vida de la Reyna del Cielo.* La emoción me deja paralizada.

Arrebato el libro precipitadamente del mostrador y me sumo en las páginas amarillentas de aquel mundo místico y mistificado con la misma avidez del que lleva mucho sin saciar en su ser el deseo de un algo incomprensible y de pronto lo alcanza y lo incorpora en su existencia: *"Quien llegare a entender (si por dicha lo entendiere alguno) que una muger simple, por su condición la misma ignorancia y flaqueza, y por sus culpas más indigna, en estos últimos siglos, quando la Santa Iglesia nuestra Madre está tan abundante de Maestros, y Varones doctíssimos [...]: Pues quien en tal coyuntura llegare a considerar a secas, y sin otra atención, que una muger como yo se atreve, y determina a escrivir cosas divinas, y sobrenaturales, no me causará admiración, si luego me condenare por más que audaz, liviana y presumptuosa, si no es que en la misma obra, y su conato halle encerrada la disculpa; pues ay cosas tan altas, y superiores para nuestros deseos, y desiguales a las fuerzas humanas, que el comprehenderlas o nace de falta de juicio, o se mueve con virtud de otra causa mayor, y más poderosa",* explica Sor María de Jesús en la introducción a *La Mystica Ciudad de Dios.* A partir de estas últimas palabras, yo quedo enredada en una confusa telaraña tendida entre el ayer barroco y el hoy de la electrónica. Como en un fogonazo fotográfico me viene la imagen de la Madre María de Jesús de Agreda: fina, menuda, lánguida, de humana evanescencia; con el rostro traspasado de ayunos y la mirada ardiente; con una capacidad de perforar las cosas y de llegar a sus confines. La veo en uno de los momentos de arrobo, suspendida en el aire, transfigurada y tan ligera de peso, que la brisa de la mañana mece su leve cuerpo con el mismo vaivén de las hojas de lirio que bordean el jardín del claustro. De manera extraña, de pie en la Lagunilla, yo estoy al mismo tiempo presenciando el éxtasis de Sor María de Jesús que nos suspendía a todas las monjas del convento y nos inspiraba devoción. A mi costado, una religiosa exclamó hincándose:

— ¡Prodigio!, la magnanimidad del Señor se ha manifestado en Sor María de Jesús. ¡Prodigios grandes concede a sus escogidos el Altísimo!

34

Desde el locutorio, un coro de voces fisgonas hizo eco a la monja:

— ¡Prodigio! ¡Prodigio! ¡Es una santa! Hay que canonizarla...

— ¿Cuánto vale este ejemplar?, —pregunta un comprador a mi costado por el libro que ha escogido—. ¿No tiene la edición de 1789?

"Después de haber recibido el Santíssimo Sacramento, [...] —continúa la introducción de la Venerable María de Jesús—, sentí en mi interior una mudanza eficaz con abundantíssima luz que me compelía fuerte y suavemente al conocimiento del ser de Dios y al desengaño de mi propia miseria [...] aniquilándome y pegándome con el polvo, de manera que se deshacía mi ser, y sentía dolor vehementíssimo, y contrición de mis graves pecados [   ]. En estos afectos quedaba desfallecida, y el mayor dolor era consuelo, y el morir vivir".

Por esos días, aquella novedad ocupaba por entero las palabras y opiniones de nuestra vida conventual. La monotonía de rezos y trabajo se nos tornó una renovada sorpresa porque cada vez permanecía más y más tiempo en suspenso el cuerpo en éxtasis de Sor María de Jesús. En las calles, tiendas, casas, en todo lugar público y privado de la Villa de Agreda, sólo se hablaba de tal novelería, hasta el punto de que las autoridades eclesiásticas nos prohibieron la publi-

35

cidad en torno a los prodigios obrados en Sor María de Jesús. En obediencia, cerramos el locutorio y callamos el misterioso portento que guardaban las paredes de nuestro monasterio.

¿Quiere o no ese volumen, señorita? —me pregunta el mercader de libros con impaciencia—. Lleva rato largo con él sin decidirse... estorbando a mis clientes... bueno, más bien leyéndolo... como si esto fuera una mera biblioteca al aire libre, en lugar de un puesto de libros.

Pago y camino calle Bolívar arriba, rumbo al hotel. Voy con la determinación de pasar el resto del domingo metida en el dédalo de *La Mystica Ciudad de Dios*, buscando entre sus páginas a la Venerable María de Jesús de Agreda; sus portentosas facultades, su magnético influjo sobre Felipe IV, sus arrebatos místicos, y también su manera de amordazar su propio ser con la palabra escrita.

Mientras guardo el libro cuidadosa y celosamente en mi bolso, veo de nuevo a la Venerable María de Jesús afanosa, escribiéndole a Felipe IV en protesta por los muchos agradecimientos y estimaciones expresados en sus cartas relativos a lo que ella suele decirle y aconsejarle en las suyas:

"Yo soy la que frequentemente hallo multiplicados motivos en las cartas de V.M., para agradecer lo que se humana V.M. a favorecerme con tanta caridad, que parece olvida V.M. su grandeza y que no mira a mis pocos méritos cuando V.M. escrive". ¡La de veces que ella hubo de interrumpir la correspondencia con

el rey a causa de sus muchos achaques! ¡Cuántas noches pasamos las hermanas y yo turnándonos para velar su sueño afiebrado durante los incontables quebrantos físicos y desmayos! Las sangrías que se le practicaron para aliviarla, nos requirieron también cuidados. Además, padeció mucho debido al tumor de la mano derecha. Y como si estas dolencias no fueran ya bastantes, le sobrevino la fatal inflamación del pecho, que al ser operada, la llevó a la tumba.

Un semáforo. La luz se vuelve roja. Veo entonces a la Venerable María de Jesús de Agreda, claramente, como si la tuviera frente a mí. ¡Qué cosas se me ocurren en la mañana dominguera de este México transparente! ¿Estaré divagando? Ni siquiera he mirado nunca un retrato de la monja de Agreda. Y ahora que estoy en mis cabales, reacciono y reconozco que ni siquiera tengo la menor sospecha de cómo fue. Sin embargo, cuando en la Lagunilla me sumí en *La Mystica Ciudad de Dios,* era su imagen tan neta y precisa, que habría podido dibujarla en todos sus minuciosos detalles, o reconocerla en la inmensidad de una muchedumbre: *"Esta, —habría dicho yo—, es ella, la Prelada María de Jesús que tanto edificó mi espíritu con sus palabras y con su ejemplo, allá en el convento de la Inmaculada Concepción de la Villa de Agreda de Burgos, fundado por sus padres. Esta fue la que quemó sus escritos por escrúpulos y de no ser por Felipe IV que guardaba amorosamente copias, yo no llevaría hoy conmigo este ejemplar precioso. Ella misma fue la que tuvo conmovedoras revelaciones de la difunta reina Isabel de Borbón y también del príncipe Baltazar Carlos, muerto a temprana edad. Esta y sólo ésta es ella, Sor María de Jesús"*, habría repetido yo sin titubeos... aunque sin fundamento alguno.

¿Pero qué raro misterio tiene la Venerable María de Jesús que aún ahora, pasados los siglos, se instala en esta realidad moderna de vehículos motorizados y aparatos electrónicos? Vuelve a mí como si el tiempo no hubiese transcurrido nunca y ella jamás hubiese sido de la muerte. Estoy consternada. Es la segunda vez que la Venerable María de Jesús me hace cambiar de proyectos durante mi estada en México. Yo había ya planeado completo mi domingo mexicano: después de misa, la Lagunilla, y en la tarde, Chapultepec. Sin embargo, al llegar al hotel presiento que voy a quedar atrapada en *La Mystica Ciudad de Dios*. El lunes pasado ocurrió otro tanto: estaba yo en la Biblioteca Nacional perdida en el laberinto de manuscritos relativos a Nueva España, cuando tropecé con la intrusa María de Jesús de Agreda —el libro de su canonización—, y sin proponérmelo, me enredé en su historia. Mientras más la leía, más la creía arraigada en la realidad del México colonial. Tanto, que ni por un solo momento la sospeché ajena.

Lo molesto es cómo me asedia y me impide pensar en otra cosa; pasear tranquila, leer, escribir, concentrarme en los programas de televisión. Me importuna con sus visiones sobrenaturales o con sus palabras de *"ignorante muger"* (como ella misma se tildaba), que vivió con el corazón crucificado *"con un pavor continuo"* de no poder explicar si su sendero era seguro o si tendría o no la amistad y gracia divinas. Es como si una mosca llenara de zumbidos molestos mi tiempo y mi realidad, pero una mosca ubicua, con una luz que me penetra y me llega al fondo de mí misma: el fondo al que antes nunca había llegado... me mortifica su ultraterrena presencia inoportuna.

Mientras recorro la calle Bolívar de vuelta al hotel, experimento la más intensa enajenación, como si estas peregrinas calles del México dieciochesco fueran de tiempos muy lejanos, todo un mundo desconocido por mí racionalmente, pero que me es muy familiar en el ámbito de mi yo profundo. En aquel instante las otras monjas cuchichearon a mi lado que desde hacía mucho Sor María de Jesús no habitaba más en su cuerpo... no se había muerto, pero... *"¡Claro, una catalepsia sin duda alguna!"*, razono yo mientras pasa pitando a mi derecha un camión repleto de plátanos y mangos. Desde que Sor María de Jesús comenzó a mencionar la necesidad de difundir la palabra del Señor entre idólatras que habitan los cuatro rincones de la Nueva España, sus arrobos se fueron multiplicando y duraban más. Cuantas veces volvió en sí, contó maravillas de aquellos indios y de cómo se rendían al amor de la Virgen Santísima. Además, según ella, ya habían aprendido a rezar el rosario que ella misma les enseñaba. Consternadas, nos preguntábamos con angustia si sus muchos ayunos la estaban haciendo perder el juicio, pero ella, muy recatada y humilde nos reconvino con la mirada y nos dijo:

—A esos indios yo los amonesto y ruego que vayan a buscar ministros del Evangelio que los catequicen y bauticen.

Sin embargo, ella no se movió nunca del Convento de la Inmaculada Concepción. Nosotras no sabíamos cómo tomar sus palabras. Ella, que todo lo veía y adivinaba, nos replicó una vez:

—Del modo como esto ocurre, no puedo decirlo. Si es ir o no real y verdaderamente con cuerpo, no puedo asegurarlo... lo que yo puedo afirmar con toda certeza es que el caso sucede de verdad y que en esto no tiene parte alguna el demonio. Yo puedo responder de ello ante el Santo Tribunal...

Y cuando en efecto vinieron de parte de la Inquisición a ordenarle que hiciera declaraciones, ella le escribió a Felipe IV: *"No me ha contristado esto, porque han procedido los inquisidores con gran piedad y secreto, y yo deseo tanto la seguridad de mi conciencia y obrar la verdad, que pasara por mayores difficultades, por fuego y sangre, hasta conseguirlo; antes bien, he quedado aficionadísima al Santo Tribunal y a su pureza de proceder. [...] Hágase en todo la voluntad del Altíssimo, y me guarde y prospere a V.M. En la Concepción de Agreda, a 18 de febrero 1650. B.L.M.D.V.M., su menor sierva, Sor María de Jesús".*

Lo que ahora no comprendo es por qué yo asocio definitivamente a la Venerable María de Jesús con México... si de veras nunca pisó este suelo, ¿a qué ocuparme de ella, si la conferencia que yo preparo en estos días es relativa al México colonial? Me queda ya muy poco tiempo para terminar mi investigación sobre el tema. Pronto debo ocuparme de poner en forma definitiva la conferencia. Sin embargo, cada vez que entro al rinconcito de libros raros en la Biblioteca Nacional, vuelvo neciamente a la Venerable María de Jesús de Agreda. Es como si un lazo misterioso me tuviera atada a ella. Pienso entonces que es cierto lo que dicen sobre las obsesiones que suelen ser motivo de la más incurable o fatal locura. ¡Bah, no es para tanto! Total, después de leer unas páginas de *La Mystica Ciudad de Dios*, me quedo dormida con el convencimiento de que mañana debo concentrarme en Cervantes de Salazar y en Sigüenza y Góngora para desechar definitivamente la Villa de Agreda... si es que quiero continuar en el mundo académico universitario, porque mi promoción y puesto dependen de este viaje a México, de los resultados de mi estudio, de la pretendida conferencia, de lo que escriba y publique después.

El hombre propone y Dios dispone. Al día siguiente, en el rinconcito de la Biblioteca Nacional, entre los manuscritos del archivo de franciscanos, me asaltó el siguiente documento firmado en el Presidio de San Felipe el 12 de abril de 1746 por Fray Carlos Delgado, y que transcribo al pie de la letra:

Los honorables Padres Jesuitas me dijeron [...] cómo nuestra Madre María de Agreda se

41

*halla todavía en las vertientes de Moqui en vía
corpórea, cuia noticia tienen de los Indios
gentiles q' por allá transitan y es confirmación
de lo que me tienen dicho amí [...]. Me han
dicho en este presente tiempo haver visto una
muger vestida de nuestro sayal en una casa
grande, y nueba (que esta explicación dan a
nuestro modo de entender) y q' les reparte a
los Indios infieles que la visitan por aquella
región Rosarios y Cruces. Este es, Padre Nuestro Ilustrísimo, milagro de la omnipotencia y
noticia que puede alegrar a Vuestra Ilustrísima para q' vea cómo nuestra apreciada misio-
nera nos está ayudando a cultivar la Viña del
Señor y noticia no despreciable a todos los
que se ejercitan en tan católicas empresas.
Este año iré a Moqui para ver [...] los Infieles
llamados Cruciferos: q'es adonde la Venerable
Madre está, y estubo aquellos tiempos repar-
tiendo Rosarios y aver q' es de donde les viene
el nombre de Cruciferos".**

Como una autómata até el legajo de papeles manuscritos del archivo de franciscanos y lo devolví al
bibliotecario. Saqué entonces de mi cartera toda la
información que hasta aquel día había recogido sobre
Nueva España para mi conferencia, y a pesar de los
penosos días de ardua búsqueda, la hice trizas y la tiré

---

* Este manuscrito se halla en la Biblioteca de la UNAM en el *"Archivo de Franciscanos"*, expediente número 407 del 12 de abril de
1746, f. 10. Nota del autor.

a la papelera. Mejor dicho, tiré mi promoción; tiré mi futuro académico; tiré mi posibilidad de continuar en la Universidad. En seguida pedí un mapa de México... ¡Que bueno librarme así de la tiranía académica!

El bibliotecario no salía de su asombro al ver que aquella impecable mujer de gesto intelectual (flaca, alta, altiva), tronzaba con delirio todos y cada uno de los papeles que guardaba en su cartera y que había ido acumulando durante un mes de fervoroso estudio: fichas, notas, fotocopias. Su asombro fue en aumento cuando ella se le acercó con el mapa de Nueva España, y señalándole con el dedo la región de Moqui, le suplicó con vehemencia:

—Vuestra Ilustrísima, os ruego dejarme ir al Moqui porque aquellos infieles me necesitan. Aquí en el convento no soy nada útil a la causa de nuestra Madre Iglesia. ¡Os lo suplico! Me lo manda la Venerable María de Jesús... en su lecho de muerte me legó esta misión y por lo mismo no puedo dejar de cumplirla. ¡Mandadme a Moqui, por el amor de Dios!

El bibliotecario la miró consternado, sin comprender nada; sin saber qué hacer.

—¿Le pasa algo, Maestra? ¿Se siente mal? ¿Necesita algún documento raro para su trabajo? —le preguntó en el colmo de la sorpresa—. ¡Chihuahua!, si yo pudiera merito entender...

—Si Vuestra Ilustrísima no me da venia, igualmente yo me voy para Moqui —continuó la mujer sin parar mientes en lo que preguntaba el aturdido bibliotecario—. Debo cumplir esta misión, cueste lo que me cueste. Es el legado de la Venerable María de Jesús de Agreda...

DESDE AQUI*

Hace mucho que estoy aquí como un ojo ubicuo que contempla las cosas de ahí afuera, y se recrea en ellas. ¡He vivido tantos años fijando y paseando mi pupila por todas y cada una de estas cosas —diminutas, pequeñas, grandes, enormes— que me rodean! Sí, desde que levantaron esta casona de viejo barrio suntuoso y rico, yo vivo espiando todo. Y cuando poso mi mirada en algo, se efectúa un proceso misterioso de transformación profunda. Es como si el árbol, la casa, o el sendero, dejaran de ser árbol, casa o sendero, sólo porque yo los miro; pero no como normalmente se mira desde afuera; procedo de adentro para afuera: meto mi ojo avizor en la mismita médula de su ser y como un tirabuzón, voy sacándolo hasta la mera superficie exterior. Entonces yo también dejo de ser yo. Este ha sido mi juego de cada día para matar el tiempo, para no aburrirme mirando siempre lo mismo, mañana, tarde y noche, mañana, tarde y noche, mañana...

Desde aquí, con mi perspectiva ubicua, juego tam-

* Publicado en Garcín — *Libro de Cultura* (Uruguay) No. 3 (noviembre 1981), pp. 56-59.

bién a formar el armónico rompecabezas de un universo compuesto por múltiples piezas —todas distintas, calzan a la perfección—, y movido sólo por causas eficientes. Sin embargo, desde que sucedió aquello en el edificio de enfrente —la Facultad de Bellas Artes—, y la coincidencia casual enredó las piezas del rompecabezas, le temo a este juego porque tiene algo de diabólico, y esto es precisamente lo que quiero contarles. Eso de la coincidencia es algo serio, y cuando ocurre en grande como yo lo presencié, la verdad es que no sé cómo explicarlo.

Quizás se entienda mejor si primero hablo de mis experiencias desde aquí, si cuento lo que veo y vivo desde aquí, pues lo que se tiende de acá hacia el horizonte, pedazo a pedazo, es parte intrínseca del rompecabezas que yace manso y cotidiano, pero hinchado de amenazas:

Allá, en el norte, se recorta un alto edificio de apartamentos que me obsesiona. Sobre todo, la ventana izquierda que siempre está encendida, la del último piso. Tengo la impresión a veces de que en la distancia esa ventana es el reflejo de mi propio ser. Y debe serlo porque se resiste a que yo la penetre y llegue al hondón del quehacer diario que encierra. Al alba, miro su luz que se va diluyendo con la claridad intensa del día que crece; y también la veo intensificarse en la oscuridad de la noche. La mano que la enciende y que trajina por ese ámbito, no alcanzo a distinguirla. Es la distancia, sí, pero cuando pienso que a esa misma hora, en ese preciso segundo, hay miles, millones de manos encendiendo una luz, haciendo lo mismo, repitiendo una misma palabra o frase... la coincidencia desbarata el rompecabezas.

También me llama la atención el ancho, frondoso, bello cenízaro que se llena de flores, de ardillas y de pájaros alborotados. En sí es otro armónico rompecabezas: cada hojita, cada flor, colocadas en su justo lugar, todas parecidas, ninguna igual, ¡qué consonancia de lo diverso! Si el azar lo hubiera formado, sería un disparate y no este fascinante árbol incomparable. Y como tendría que haber habido una gran dosis de coincidencia en el tiempo y en el espacio para que al azar saliera algo más o menos parecido a un árbol, no cabe duda de que este cenízaro es miembro integrante de un divino y prodigioso plan inalterable. Ustedes han de saber además, que ocurre algo extraño bajo ese cenízaro. Todo el que pasa por ahí, a la sombra mágica del árbol, de una manera u otra se transforma aunque sea por un instante. Yo lo he visto desde aquí: el señor Rector, embutido en su tieso alzacuello y todo de negro, enjuto, de facciones duras, como cincelado en piedra y arcilla gris, rumbo a su trabajo, pasó al mediodía bajo el cenízaro. De pronto se detuvo a contemplar la cadenciosa algarabía de pájaros y ardillas y se regocijó con el arrullo de las palomas. Entonces se produjo el milagro y fue que a aquel hombre tallado en piedra y arcilla gris, se le desmoronó todo el cascarón duro y quedó allí, desnudo de apariencias y represiones inútiles. Bajo el sol primaveral, el señor Rector de la Universidad se transfiguró en un bello ser humano poseído de genuina emoción. Brillaba todo él al sol, como si recién hubiera salido de las manos del Hacedor. Y en aquel mediodía ordinario, había un no sé qué de paraíso recuperado bajo el frondoso cenízaro. Con estremecimiento, sentí que el génesis se repetía y que una larvita mínima de esperanza empezaba a cobrar vida en el mundo. Pero tan pronto como el señor Rector emprendió su marcha rumbo al quehacer universitario y al papeleo académico, la magia del paraíso se derrumbó y yo vi cómo afanoso, se disfrazaba muy cuidadosamente con la coraza de piedra y arcilla gris para entrar de nuevo en el apocalipsis de su existencia. Concertada con el rompecabezas del universo, esta rara pieza ha desbaratado la rutina fastidiosa de mi juego y me ha hecho olvidar los inquietantes colorarios de la coincidencia extrema tal como la presencié en aquella ocasión.

Debajo de mí está el techo de la capilla universitaria y desde aquí alcanzo a ver el sendero que conduce a ella. Sobrecoge ese caminillo que igual lleva hacia Dios que hacia el demonio. Entran, salen, entran, salen fieles, estudiantes, curas, monjas, todos vienen a la capilla a rezar, a celebrar oficios religiosos, a cantar al Señor. Al penetrarlos con mi ojo avizor, yo experimento un dolor intenso, agónico, porque los veo por dentro, y algunos están carcomidos por una gusanera de pecados; otros, no son ni fu ni fa; y los demás, almas de Dios. Abundan los que van al templo sólo para aparentar lo que no son. Envueltos en esa apariencia —que yo desde aquí despojo— pueden manipular el mundo con mentiras y maldad, y son más peligrosos que los malos señalados por el prójimo. Uno, es el curita simpático que viene a celebrar misa a las seis de la mañana. Siempre tiene una sonrisa para todos y al hablar, la voz se le llena de mansedumbre y dulzor. Sus palabras, gestos, movimientos, se ciñen en todo al abecedario del buen cristiano. ¿Qué se me revela al fijar la mirada en la médula de su espíritu?: es un monstruo que en pocos minutos va a entrar al templo y en nombre de Dios, alzará la Sagrada Forma para esconder detrás de ella su verdad diabólica. ¡Si le arrancaran la máscara!, pero él no es el único... además, es inmenso el territorio de los fariseos. Por el mismo senderillo va también al templo el cura nonagenario que ya no predica ni enseña en las aulas de la universidad; es sólo un pobre viejo olvidado de todos, solo y triste. Asimismo recorre el sendero el cura enteco y manso que ríe como un ángel y tiene el alma lustrosa de limpia que la lleva. Lo recorren todos, buenos y malos, pequeños y grandes, humildes y soberbios, pecadores y santos. Y yo aquí con mi rompecabezas... divertido rompecabezas. Pero en fin, al grano, que quiero contarles:

Ese sendero que va a la capilla universitaria, une esta casona con la de enfrente; esta Facultad de Letras, con la de Bellas Artes. Y yo, desde aquí, en la inercia de mi condición, tengo el privilegio de mirar lo que pasa tras los cristales del edificio de arte cuando las luces se encienden por la noche. Me divierte ver a los chicos preparando modelos, caballetes, paletas,

49

pinceles, colores. Me divierte sobre todo cuando aquí dentro está la profesora de literatura dale que dale con sus cantigas de Alfonso el Sabio, o su *"Batalla de don Carnal y doña Cuaresma"*, o corrigiendo composiciones como la de esa noche: entre otras cosas la alumna escribió en la composición que el mundo es un sumidero de maldad y que ella misma, al mirar un día su propia cara descubrió proyectada en la luna del espejo la imagen del demonio. Seguía una larga descripción de sí misma en la que se superponía el reflejo real con el diabólico. La profesora alzó los ojos de la composición y distraídamente los posó en la ventana de la Facultad de Bellas Artes: la luz encendida dejaba ver un estudiante que pintaba de espaldas a ella. La escena la sobresaltó, y llena de asombro, exclamó: *"¡Es el demonio el que pinta ese estudiante ahí enfrente. Es el mismo demonio de esta composición! ¡Increíble! ¿Es una pesadilla?"* Sin comprender, para mayor asombro, descubrió que los dos actos creativos —la composición, el cuadro— no concurrían sólo en la presencia del demonio en ambos, — ¡y yo que lo creía olvidado en los desvanes de la Edad Media!—, sino en algo más escalofriante: el pintor, —como la autora de la composición— se copiaba a sí mismo con todos los rasgos y facciones de su propia imagen proyectada en un espejo que sostenía con la mano mientras trazaba en el lienzo, con pinceladas enérgicas, la figura del demonio.

La armonía del rompecabezas constituida por el ajuste de piezas desiguales en el tiempo y el espacio, fue desbaratada irremediablemente por tanta coincidencia casual en un mismo instante y en un mismo lugar. Coincidencia en la que el demonio, elemento ordenador, impregnaba de un misterio aterrante el ambiente, la situación, el sendero a la capilla, el edificio de Bellas Artes, esta vieja casona...

Sentí horror de mi posición ubicua porque era en mi pupila donde convergían simultáneamente la página de la composición sobre el escritorio *("el pánico de comprobar que ese gesto demoníaco es el mío...")*, y la imagen en la tela del otro lado del ventanal de Bellas Artes...

La noche se pobló de silencio. Un miedo espeso lo llenó todo. Los cuatro jinetes del Apocalipsis pasaron dejando un rastro de cenizas y detritus...

INFAME RETORNO

*A Inés Frombaugh y a los que cono-
cieron a Laura del Valle durante aquel
abominable verano.*

"Consejo sano a los que vienen a terminar y defender sus tesis doctorales: no aceptar nunca el cuarto
214 de Painter Hall. Es por su propio bien, y si no
quieren seguir este consejo... ¡Allá ustedes! Verano
de 1981".

En diversas partes de la universidad había sido fi-
jado este anuncio a mano, en letra imprenta irregular
como de niño que empieza a ejercitarse en la escritura. Nadie le prestaba atención, y si lo leían por casua-
lidad, se alzaban de hombros. ¡Bah, otra forma de
divertirse para matar el tiempo!, se decían.

Laura no lo vio y no se enteró de él hasta el final,
cuando ya era demasiado tarde para ella. Al entrar en
aquel cuartucho sucio, oscuro y agrietado, quedó
poseída por una rara e intensa opresión. El taxista
que la ayudó a subir las maletas y cajas de libros al
214 tuvo que repetírselo dos veces para que ella en-
tendiera que le pedía el importe del viaje desde el
aeropuerto hasta la universidad. Después, sola, trató
de suprimir el malestar que le producía el cuarto, poniendo sobre la cama la colcha tejida a mano por la
abuela, en el escritorio la foto de su hijita Violeta, y

en las paredes algunos dibujos que la niña le hizo para obsequiarla como despedida. Pero todo esfuerzo por hacer más habitable el cuarto, fue inútil porque la única ventana abierta al cielo y la amplitud del paisaje, estaba bloqueada por la hiedra que había ido devanando su tropel de bejucos, raíces y hojas en un infinito abrazo vegetal de casi dos siglos en el carrete cuadrangular del edificio. Tuvo impulsos de romper el cedazo de la ventana que la protegía contra los insectos para arrancar la hiedra que la privaba de luz, aire, cielo y campo, pero comprendió que habría sido un acto estéril.

Quizás lo más opresivo del aposento, pensó, era la perspectiva de tener que pasar cuarenta días consecutivos encerrada, tecleteando en la máquina de escribir para dar remate a su tesis doctoral. Con profundo desaliento comenzó a trabajar y trató de engañarse un poco repitiéndose que cada uno se hace su propia desgracia y felicidad y que ella estaba dispuesta a vivir lo mejor posible ese eterno oprobio de cuarenta días sucesivos.

Empezar una rutina y establecerse en ella es fácil, es cuestión sólo de hacerse cargo de que cada día es el último, y de vivir cada momento de ese día como el definitivo, el de la última página de la tesis, el del punto final, el de la libertad, se dijo con resignación. Pero ese agobio y asfixia en el cuarto se hacían cada vez más intensos. Fue entonces cuando se acordó que en el trayecto recorrido por el taxi ella había experimentado la emoción vehemente de aquel paisaje ancho, vertiginoso, libre, de verdor ondulante y vastísimo, viejas casas humilladas por la destemplanza del tiempo, graneros colmados y cielos de un azul violento y diáfano; y aire puro, fresco, muy puro y muy fresco; hasta tuvo frío en el trayecto. En cambio en el cuarto le sobraba la ropa, le faltaba el aire, sudaba. Sólo tenía ante sí el verde agarrotado y sucio de la hiedra con las raíces aferradas al cedazo de su ventana, que la asfixiaba más. Imaginó entonces todas las formas posibles de simular que escapaba de esa realidad, o que al menos podría escapar, pero se resignó con la idea de que cuarenta días tienen que pasar y pasan porque todo tiempo tiene su remate.

Inadvertidamente, con los días, se fue hundiendo en una espesa rutina que le quitaba sueño, hambre, y le iba arrancando a grandes dentadas todo lo que había sido antes su placer: la naturaleza generosa de río, sol, trinos, verdura; Beethoven, Bach, Debussy y Falla; la lectura que da solaz, la película, la conferencia, la risa, la amistad. Todo, todo lo iba abandonando paulatinamente: era preciso acabar la tesis a finales de julio y avanzaba muy despacio. Un día, quizá el quinto, o tal vez el décimo, ¡quién sabe!, se percató de que ya no dormía y de que caminaba entre las realidades palpables del mundo como una sonámbula. Otro día comprendió que el dolor de cabeza que hacía más inicuo el infierno del cuartucho, era por no comer. Esa noche, meditabunda, miró a su alrededor y fue cuando por primera vez tuvo la vívida certeza de que el cuarto asfixiante, oprimente, inhabitable;

de que sus libros, fotos, ropas, máquina de escribir; y hasta su yo, —lo único realmente suyo— eran una repetición, como el reflejo idéntico en un espejo tridimensional, de otros iguales, en la distancia y en el tiempo, y que ella había dejado de ser dueña de sí misma: todo lo que hacía era la repetición y copia de otro hacer y ser invisibles, pero que de manera extraña Laura experimentaba vivamente en su interior.

Tuvo entonces deseos de ir a la administración a pedir que la cambiaran de cuarto, pero no, ¿qué pensarán de mí?, ¿que estoy loca? ¿Por qué?, me preguntarán por qué quiero cambiar de habitación. Dirán: su cuarto es su cuarto y ahí tiene que terminar el verano. Y yo, ¿qué razones doy? Mire usted, señorita, es que mi cuarto, ¿sabe?, está embrujado y yo ya no soy yo porque estoy viviendo la vida de otro como en un espejo que se comunica en distinta dimensión... sí, soy el reflejo, la proyección, el simulacro de ese otro, o de esa otra... de alguien fuera de aquí... Claro, me mirará con asombro y sólo Dios sabe lo que pensará de mí. Estas cosas se viven, pero no se pueden contar. Bueno, chitón, mejor que nadie lo sepa. Y a la señorita administradora, que mi cuarto es oscuro, muy oscuro y me hace falta luz y aire que no entran por la ventana bloqueada por la hiedra. Eso es todo, señorita, pero usted sabe que así no se puede trabajar y que para mí es importantísimo terminar mi tesis. Es inminente. De que reciba mi doctorado depende que yo tenga garantizado mi puesto en la universidad donde actualmente enseño. Mi salario es el sustento de mi hija... soy el único sostén para ella. Sí, sí, el divorcio, la historia de siempre. ¿Para qué repetirla si todas las historias de divorcio (como las de matrimonio) son una y la misma? Mi exmarido les da a los hijos de otra lo que pertenece a mi hija por derecho. El cuarto, volvamos a mi cuarto, señorita: me es imposible seguir en ese aposento, me asfixio en su atmósfera espesa y por lo mismo avanzo despacio en la tesis que debo terminar pronto. Hago esfuerzos sobrehumanos... pero si no puedo dormir, ¿cómo quiere que pueda trabajar?

Miró con tristeza la foto de su Violeta. ¡Pobre chiquilla! Le había escrito desde el campamento de verano que deseaba reunirse pronto con ella para *"no dejarme más sola los veranos, mami, porque me aburro y aquí la comida es mala, muy mala, y la gente que nos cuida también, porque sólo les preocupa el orden y que todo se haga según dispongan ellos. Me faltás vos, mamita linda, tu amor, los paseos por el campo, tus tartas de mora y los cuentos de la noche, al acostarme".* Releyó la carta con agonía: había que pagar el campamento y sólo quedaba una friolera en el banco para sobrevivir el mes próximo. ¿Y vale la pena estudiar y luchar así, sólo para ir sobreviviendo? Agonizar estos cuarenta días, ¿para qué? Sólo para asegurarme un puesto que me permita tirar adelante a duras penas. Y aquí estoy, escribiendo una página y rompiendo dos... ¿El punto final, no es para mí? Es el aposento, es este sentirme reflejo...

Nuevamente fue la voz de Oscar en el teléfono

(esa voz tan querida antes, en un antes perdido en la madeja del tiempo, y que le recitó entonces toda la retórica vana del amor y la esperanza) la que le trajo la noticia de la muerte de Gladys, su mejor amiga. Hacía cinco años, fue la misma voz de Oscar la que también por teléfono le comunicó la muerte de su hermano Hernán.

¡Increíble cómo ocurren las cosas! Esa misma mañana, cerca de las ocho, Gladys la había llamado de larga distancia: "Me marcho para el Brasil, Laura. Nos veremos a tu regreso para celebrar tu triunfo con bombos y platillos... Hablaremos largo y tendido cuando nos reunamos al final del verano... Buena suerte. ¡Chau!" Este encuentro entre Gladys y yo tendrá que esperar, pensó Laura. Gladys, te habías de morir vos que tenías proyectos y esperanzas, vos, la feliz, la de la vida realizada y que se estaba realizando plenamente. En cambio yo, aquí, tratando de salvar el pan de mi hija, su derecho a vivir decentemente con mi salario, sin otra razón que ésa para seguir cumpliendo con el deber de vivir... ¿Para qué? ¿Vale la pena?

¡Ah!, lo imperdonable es que sea siempre la voz cruda de Oscar (la que en el pasado, en el amor, se saturó de ternezas y dulzor) la que traiga las muertes de los seres queridos por los hilos telefónicos. Hace cinco años también me dijo: "Ha muerto Hernán... Sí, lo que te digo, que ha muerto tu hermano", así como así, igual que si hubiese dicho que se había descompuesto la nevera, pensaba Laura recordando cómo aquella vez, hacía cinco años, no pudo llorar como ahora lloraba por Gladys. Entonces se quedó vacía, mirando fijamente al vacío. No pensó en su hermano, sino en que Oscar siempre buscaba el momento más apropiado para hacer más dolorosas las noticias dolorosas. En aquella ocasión estaba también sola, muy sola, consumiéndose de soledad; y triste, considerando cómo se acaba todo en la vida, absolutamente todo, el amor, el matrimonio; los sueños son sólo un juego para mientras llega el momento definitivo... y nada vale la pena, nada...

Sin embargo, no lloró cuando supo que Hernán había muerto. Se dijo sólo que esa muerte había ocurrido hacía mucho y que ella estaba habituada a llevar duelo por él. En verdad era muy intensa la impresión de que habían transcurrido incontables años desde su muerte, y que la noticia le llegó a ella con mucho atraso, porque Laura lo lloró entonces, cuando lo del desfalco y la vergüenza de ir a sacarlo de la cárcel y pagar centavo por centavo su descaro y locuras. "Has muerto para mí desde ahora, Hernán, y desde ahora te entierro para siempre", le dijo enfurecida. Entonces sí lloró larga y desconsoladamente. ¡Las miserias de la vida!, siempre trabajando para sostener a los demás, para cubrir sus deudas y hacerles la vida llevadera. ¡Y hay todavía quién habla de libertad!

Al traerle la muerte de Gladys ese día, la voz de Oscar le había traído la presencia de Hernán, y con ésta, el espejismo del cuarto 214 se había vuelto tan intenso, que con sólo atravesar la puerta, ya ella se proyectaba en el reflejo infinito. A partir de entonces vivió sobrecogida de angustia. Con gran esfuerzo, intentó seguir como si nada la rutina de su tesis, pero cuanto más se acercaba al final, más lúcido se hacía en ella el efecto de que todos sus actos eran la refracción de una nítida imagen incierta y recóndita que de un momento a otro iba a precisarse. Tenía miedo, horror a eso que se iba a definir ineludiblemente. Quiso salvarse entregándose sin excusas a la tarea de terminar la tesis, pero descubrió con terror que ese *"terminar la tesis"* formaba parte fundamental del tan temido diseño incierto que tarde o temprano había de plasmarse en una figura inevitable. Imposible concentrarse en el trabajo, y más difícil ahora que la muerte de Gladys le había traído el recuerdo de Hernán: después de tantos años, al fin Laura había podido llorar su muerte. Tuvo la extraña impresión de que el tiempo se había detenido durante esos cinco años y que sólo ahora ella se percataba de que sí, es cierto, Hernán ha muerto y con él, una gran parte de mi vida, casi dos décadas de locuras en aquel lejano paraíso exuberante de nuestra casa, cuando la inocencia y la fantasía de los años niños nos regalaron a los dos el don de la eternidad. Cuando comenzamos a preguntarnos por la vida, el amor, los hijos, y esa eternidad comenzó a agrietarse. Cuando después hundimos nuestra curiosidad sin malicia en las páginas envenenadas de Nietzsche y Schopenhauer y cometimos juntos el asesinato de Dios... de nuestra propia inmortalidad. Cuando Hernán siguió descuartizando

59

a Dios en los manuales del materialismo y triturándolo en retortas y morteros experimentales y yo, con miedo, —otra vez el miedo, ¡y mil veces el miedo!— intentaba salvar una migaja de esa inmortalidad perdida en el hondón más hondo de mi ser. *"Pamplinas, Dios son pamplinas y perdés el tiempo creyendo en El, Laura"*, le repetía Hernán. *"Sólo nos queda seguir siendo a vos y a mí, a todos, en la repetición con variantes de nosotros mismos en una eternidad sin remedio. Repetición corregida, pero toda repetición inevitable, es una forma abominable del infierno"*.

De nada servía que Hernán continuara indefinidamente devanando herejías. Ella seguía su labor de Sísifo tratando de restaurar en sí misma la hermosura radiante del Dios de los años puros, inocentes, cuando El estaba íntegro en su fe completa. Ahora, con el tiempo, Dios parecía desteñido, borroso, también otro reflejo, otra proyección en otro cuarto. ¿Por qué estos recuerdos impertinentes que no la dejaban trabajar si antes no se acordaba casi nunca de Hernán? ¿O es que todo ese tiempo había estado recordándolo a hurtadillas, como a escondidas de sí misma para no hacerse cómplice de sus actos? Porque al aniquilar a Dios, Hernán había anulado definitivamente la responsabilidad de su quehacer en la vida y en la inercia que dan las drogas, consumó su autodestrucción total. Sólo ahora, después de cinco años, los recuerdos la hicieron llorar al agolpársele inexplicablemente. ¡Qué alivio, volver a llorar y aceptar finalmente que Hernán estaba muerto, que había muerto hacía cinco años y no cuando ella lo había enterrado!

60

Esa mañana el profesor fue terminante y le advirtió que la tesis debía estar completa en sus manos a más tardar, en una semana. Laura comprobó con desaliento que le quedaba mucho por hacer y que su estado de ánimo era deplorable. Tuvo que echar mano de una fuerza superior a sí misma para concentrarse, pero era difícil: la distraían los recuerdos que ahora, de manera extraña, parecían formar parte integrante de la figura que se estaba definiendo en su cuarto.

Cuando puso punto final, después de dos días de poco comer y nada de descanso, tuvo la certeza de que todo el tiempo había sido náufrago en un mar lleno de amenazas, tratando de alcanzar ese punto final de salvación —un mínimo punto de dimensiones exorbitantes, su puerto de arribo, su haber llegado al fin. La alegría de haber alcanzado ese punto mínimo-gigantesco, le duró sólo un instante: trató de releer el último capítulo para llevárselo al profesor por la mañana, pero en ese preciso momento la figura inevitable y definida del espejismo comenzó a cobrar cuerpo, estas páginas no valen nada, ¿qué he escrito? Estupideces, sandeces, boberías... ¿pero qué escribí aquí que ni yo misma lo entiendo? Esto no es una tesis, es un galimatías... ¿Cómo entregar esto al profesor? ¿Cómo pretender un doctorado con toda esta jerigonza que no tiene ni pies ni cabeza? He llenado hoja tras hoja de palabras sueltas, sin hilación, sin sentido, sólo palabras vacías que llenaron más de trescientas páginas... El cubo de basura. Debo quemarla antes de que amanezca y alguien me lo impida. Ahora

61

mismo me voy... ¡Qué importa el puesto de la universidad, el pan de cada día!... y...

Cuando Laura arrimó el fósforo al rimero de papeles (dos volúmenes frondosos y muchos años con cuarenta días de perenne trabajo), estaba dichosamente tranquila. Ya no tenía miedo porque al fin había visto en el espejismo de su aposento la figura completa que le venía de otras latitudes, del pasado vertiginoso que nunca pudo sepultar, y de la historia malograda de su hermano. Imposible escapar cuando todo está ya prefigurado, se dijo. Al ir a prender fuego a los papeles, se sometía sumisa a su destino nítidamente delineado ya por Hernán años atrás: *"Sólo nos queda seguir siendo en una repetición con variantes en una eternidad sin remedio, Laura. Recordá aquel poema azteca que recitamos infinitas veces cuando sólo creíamos en la magnitud de Heráclito y Nietzsche:*

Cuando hayas cumplido la tarea,
—le ordenó el Hacedor—
regresa siempre a mí:
desde ahora te tengo,
y desde antes te tuve
tus jornadas listas,
todas semejantes,
ninguna igual.

¿Lo recordás, Laura?"

Ahora más que nunca el diseño se había vuelto claro y preciso:

Santa Fé, Argentina, 21 de febrero de 1969.

Muy querida manita:

Tenés razón al decir que siempre he causado dolor a los seres que más he querido. A tía Alma ya ves cómo acabé robándole todo lo que pude. A vos también te he causado muchísimos pesares, pero ahora que voy a recibir mi título de doctor en química industrial, ya verás cómo todo va a cambiar. Estoy muy entusiasmado dándole los últimos toques a mi tesis. Ahora sólo me falta hacer unos pocos y sencillos experimentos, unas cuantas verificaciones y comparaciones sobre un separador de minerales y otro de líquidos. El borrador está muy adelantado y ha sido aprobado debidamente por el profesor que me apadrina, quien sigue con verdadero interés mis experimentos. Esta tesis será mi reivindicación. Yo sólo quiero que comprendas mi proceder, manita. En mi ambición rabiosa por conseguir la meta buscada, he olvidado todo lo demás. Ahora estoy reaccionando y aprendiendo a vivir como los otros.

Lo que impide que mi trabajo sea por completo eficiente es que me siento continuamente vigilado por todos. Vos me dirás que eso es delirio de persecución... pero no es así, manita. Tengo siempre la certeza de que entre bastidores hay un titiritero que me está manipulando con hábil argucia y causando todos los infortunios de mi vida. Esta es una certeza de ahora, pero siempre fue en mi vida una sospecha. Vos,

63

que viviste a mi lado como mi gemela, ¿podrías comentar algo que hayás podido sospechar? Me gustaría mucho que a vuelta de correo —y confío que lo hagás— me dés tu opinión sobre esto. Te ruego que no demorés y que seás sincera, pues confío mi vida entera en vos.

Todavía tengo muchas cosas que decirte, pero mi estado de ánimo está por los suelos. Dejémoslo para otro momento, que en éste te envío montones de besos y abrazos. Chau, chau, chau,

Hernán

P.S.: Si en estos últimos días me he sentido así, ha sido porque ya casi me encuentro sin dinero y entonces me ha entrado un miedo terrible al pensar qué nueva experiencia me espera. Te pido que no demorés en hacer llegar unos dólares a mis manos ya que estoy pasando una etapa muy difícil y quiero recibirme de una vez por todas para transformarme en un tipo responsable y útil a la sociedad.

Pedro L. Milani
INGENIERO QUIMICO
San Jerónimo 1840
Santa Fé, Argentina

3 de octubre de 1969.

Sra. Laura del Valle
3870 Wentworth
Beaumont, Texas
U.S.A.

Apreciada señora del Valle:

El estado de salud de su hermano Hernán hace que en mi carácter de profesor de la Facultad de Ingeniería Química de esta ciudad y de ser su padrino de tesis, le escriba para informarla exactamente de la situación actual.

Tengo entendido que Ud. está enterada de que su hermano fue internado en un sanatorio para enfermos mentales debido al excesivo trabajo que llevó a cabo para terminar la tesis doctoral en menos tiempo del que humanamente se puede. Es de tomar en cuenta que para trajinar jornadas continuas de cuatro o cinco días estuvo tomando excitantes y no alimentándose como era debido. Según el diagnóstico médico, Hernán padece una *"psicosis delirante de tipo interpretativo"*, o sea que está con una excitación emotiva muy angustiosa debida a ideas persecutorias y las drogas estimulantes que tomó. Al aconsejarle que se interne, trató de suicidarse con arma blanca y la ingestión de un insecticida muy tóxico. De acuerdo con la opinión del psiquiatra, Hernán no fue afectado en sus condiciones intelectuales. Al contrario, razona normalmente, lo cual le permitirá reanudar su trabajo de tesis tan pronto como esté recuperado... mejor dicho, comenzar de nuevo porque todo, los experimentos, resultados en el laboratorio, borradores, todo lo destruyó en un incendio que consumió una parte del edificio de nuestra facultad...

Rumbo al aeropuerto, Laura miró desde la ventanilla del taxi por última vez el fuego purificador: ya estaba lamiendo los bejucos radicales de la hiedra que le había bloqueado la luz y el aire del 214 de Painter Hall...

ALMA-EN-PENA*

Tus ojos verán cosas extrañas y hablarás sin concierto.
Proverbios, 23,33.

Cuando me lo contó, la miré sorprendido, más bien asustado, ¡carajo!, no fuera que estuviera volviéndose loca como sus dos tías, la prima Elena y su propia madre. Desde ese día vivo observándola; por supuesto, sin que ella se dé cuenta. Sospecha algo, porque a menudo se vuelve a mí repentina y sorpresivamente para atraparme en el acto de espiarla. Pero como siempre, me encuentra hundido en el periódico, lejos, en España, envuelto en las protestas estudiantiles contra la policía armada que invade las aulas universitarias. Quizás más lejos, en Israel, en firme combate contra los árabes. Tal vez más allá, en Irlanda, luchando fanáticamente por el catolicismo perseguido. Para disimular la sospecha, ella quita con prolijo gesto la imaginaria arruga del mantel, o arranca unas hojas secas de los helechos y comienza a hablar, a contarme del quehacer doméstico, de los vecinos que se están volviendo insoportables, de que le haría bien a ella entrar al San Juan de Dios de enfermera voluntaria,

---

* Publicado en *Women of Her Word — Hispanic Women Writers* (Houston), No. 3-4 (otoño-invierno 1983) pp. 122-26. Traducido al francés, en *Fer de Lance* (Francia) No. 115-116 (julio-setiembre 1981), pp. 33-37.

67

porque mi vida aquí, ¿qué es?, pues una sucesión de días sin sentido, sólo el domingo cambia con la misa y la homilía, después todo, bueno, ya sabés, Isidoro, todo es rutinario, aburrido, ¡qué se yo! ¿No creés que me haría bien el hospital? Contacto con el dolor, con la muerte, anticipando su inminente futura llegada. Dos veces por semana, ¿qué pensás, Isidoro?

Afirmo con la cabeza mientras con desánimo compruebo que en las dos últimas semanas han sido arrestados más de treinta disidentes políticos en Corea. ¡Pendejos, hasta al poeta Kim Chi Ha lo meten en la chirona!

— ¡Grandes carajos que a todo el que se opone al sistema, le colocan el sambenito de comunista y a la cárcel se ha dicho... ¿De enfermera voluntaria, verdad? Magnífica idea, pero... ¿no decís que estás muy deprimida y nerviosa sobre todo después de... *a-que-llo?*

Cada vez que le recuerdo *aquello,* sus manos tiemblan con un aletear de pajarillos miedosos, me da la espalda y se va. Después, el resto del día permanece sumida en un silencio lapidario, con la mirada fija en el vacío. Me preocupa. Quizás tenga razón y aliviar el dolor de los otros sea una forma de aliviar el suyo propio. Vive una vida muy suya, muy metida dentro de ella misma, de la casa, los rutinarios quehaceres, y claro, con mi trabajo absorbente no le veo solución. Además, es bueno y saludable ocuparse del prójimo... ¿De cuándo acá creo en los otros y busco su bienestar? Hace ya mucho que me retiré —total deposición

de armas— a la más solitaria soledad y ya no hay nada
que me saque de mí. Sólo con gestos, con palabras
sin sentido me relaciono (me desrelaciono más bien)
con los demás. A veces, hasta me sorprendo de que
me entiendan; me parece que he dejado de hablar el
lenguaje de los otros. Claro, debo de estar cansado,
¡puñeta! Además, tantos años de desilusión... y ahora... ahora *aquello* que ha ido poniendo distancias
entre Nina y yo, me tiene en vilo: en las noches me
despierto agitado a observarla. La examino largamen-
te, temiendo que ocurra *aquello* ante mis ojos, pero
Nina duerme con tranquilidad; hay un ritmo parejo
y acompasado en su respiración. Me pongo entonces
a pensar en *aquello* y me preocupo más por Nina. ¡La
pobre!, mirá que se necesita estar chiflada para ir por
ahí diciendo y clamando *aquello*... ¿Qué no te he
contado *aquello* todavía? ¿Estás seguro, hombre? Mirá
que esto sí que se llama despiste mío y de los mayores. Pues nada, viejo, *aquello* (ella lo denomina así en
un susurro lánguido) es ni más ni menos que la súplica
repetida que el ánima en-pena de Paquita Lozano le
hace a ella, a Nina, de que revele a la poli la identidad
de quien le dio muerte. Nina no conoció a Paquita
Lozano. Yo tampoco. Sólo oímos su nombre en las
noticias de la tele y fue entonces cuando nos entera-
mos del crimen. De eso hará un año. Ahora me sale
con que se le presenta todas las noches el alma-en-pena
de Paquita Lozano y que no encontrará descanso eterno hasta que no prendan a su asesino. El problema es
que a Nina le obsesiona la idea de ir a la policía para

dar eterno reposo a Paquita Lozano. Por eso he vivido últimamente sin salir ni trabajar, para retenerla, no se me fuera a escapar y entonces, claro, sólo le puede quedar el manicomio. Durante estos días, ella ronca plácidamente a mi lado, mientras yo no pego ojo en toda la noche. Me pongo a leer *La Prensa Libre* y me traslado al Japón donde las corporaciones comerciales están constituidas por verdaderas familias como en los tiempos del clan. ¿Quién podría creer que en este vasto mundo cambiante y en un país como el Japón, tan modernizado, se permanezca en una misma firma comercial desde la primera jornada de trabajo hasta el momento de jubilarse, y que sea tal la identificación del empleado con la compañía, que su desprestigio lo sienta él muy suyo, como pasó con el escándalo Marubeni? ¡Inaudito! ¡Vaya si es inaudito! Hay tantos hechos inauditos en la vida... Angustiado, miro a Nina de nuevo: ella murmura algo entre sueños, pero sigue profundamente dormida. ¿Habrá inventado *aquello* sólo para llamar mi atención como hacen los niños con los mayores? Con mil asuntos de importancia entre manos, poco a poco me he ido olvidando de ella y la verdad es que la he tenido abandonada por completo. Es obvio, me repito a mí mismo, Nina quiere inquietarme, tenerme a su merced, saber que a toda hora voy a estar preocupado por ella: esclavo a su entero servicio, eso es lo que quiere.

Además, la poli también me tomaría por loco como a Nina, y con el puesto que ocupo en el gobierno, esas suposiciones no me favorecerían en nada. La amenacé que la encerraría con llave en la despensa si se atrevía a dar un solo paso. Ella alzaba con desdén los hombros, ¡qué putada!, y que nadie la podía detener, porque vos sabés, Isidoro, un alma-en-pena es un alma-en-pena y sólo declarando a la policía el nombre... ¿Pero en qué cabeza cabe, mujer de todos los demonios, que así como así se puede acusar a alguien sin prueba alguna?: *"Mire usted, señor comisario, a mí se me apareció el ánima-en-pena de Paquita Lozano y me ordenó venir a decirle que el homicida de ella es Juanico Pérez, el mecánico del taller "La Guaria Morada" de Curridabat. Pérez la fue a ver a su apartamento aquella noche pues planeaban ir juntos al cine, pero ya ve usted, señor comisario, a Juanico Pérez se le metió el Cuijen y estranguló a Paquita Lozano en la mismita cama de ella. Eso, eso, señor comisario, la estranguló". "¿Y las pruebas que usted tiene para acusar al interfeuto, señora? Muéstreme las pruebas, porque así como así, ¡nada, ni pensarlo! Señora, no se puede acusar a nadie sin pruebas, y menos de semejante delito".* A ver, Nina, ¿qué pruebas tenés? Porque todo eso te dirán en la policía, me lo sé, por algo trabajo con el gobierno, le repetía yo una, mil y cientos de veces, pero como si hablara con las paredes...

Lo mejor es tratar de conciliar el sueño leyendo, leyendo y leyendo para escapar de *aquello* aunque sea a medias, porque también las páginas del periódico son una pesadilla plagada de violencia, crímenes, terrorismo, raptos, rehenes, atentados políticos, ataques, masacres, genocidios, guerrillas, ¡qué sé yo! El periódico se me deshace siempre en las manos, empapado de sangre. Además, Nina es zafia, sabe lo que hace y yo tengo que defender de ella mi territorio, no permitir que me ocupe por entero, aunque... ¿es zafia o... estará de veras loca? Tiene una mirada singular, como miraba su madre por aquellos días, cuando asesinó al padre en un arranque de locura. ¡Qué güevonada!, era una mujer suave, mansa, callada, de manos fláccidas sobre el regazo —como en un interminable reposo— y ojos llenos de distancias y vacíos. Pero un día se hinchó de furor y mató al marido con el cuchillo de cocina. Quién quita que lo haya confundido con un tierno lomito de res. Nina presenció el crimen desde un rincón, ¡la pobre! ¿Hay algo de extraño que después ella también se vuelva loca? A veces, recordando el crimen, me dice con agonía que en los sueños de la noche, vos sabés, Isidoro, yo adivino que dentro de mí va cuajando algo en forma que no alcanzo a distinguir. Es como si todavía la distancia entre eso y yo fuera tal, que su imagen resulta imprecisa. A veces un pedazo de ese algo se aclara, pero como pasa con los rompecabezas complicados, después de juntar una pieza con otra, sólo veo una mancha negra, tal vez un esbozo de retina, o la sombra de una nube, del diseño total.

¿Y si ese algo impreciso fuera el crimen que a Nina también le crece por dentro? Un día... bueno, pues yo seré la víctima... ¿quién sino yo? Suele dormir muy tranquila a mi lado. ¿Soñará con el otro crimen, el de Paquita Lozano? ¿O con el de su madre? ¿O...?

Cada noche, cada sueño, una pieza más del rompecabezas, hasta que no me quedó duda de que la obsesión suya era el ánima-en-pena de Paquita Lozano: como me negué a ir a la poli, entonces la Lozano se emperró en que teníamos que declarar que había pruebas, y eran unas joyas que el tipo Pérez le había robado la mismita noche del crimen: una madreperla más grande que un guisante, engarzada en sortija de oro muy barroca, y un collar rematado en cruz, también de oro, el Juanico Pérez se los había regalado para Navidad a su amante, Flor María Delgado, del Barrio Amón... Vos sabés que Nina tiene memoria de chorlito. Sin embargo se grabó en su mente dirección exacta y teléfono de la tal Delgado y los repetía como una tarabilla. A partir de ese instante, la inquietud suya ha sido tanta, que ni se cuida de la casa ni de las comidas: que haga lo que quiera la sirvienta, cosa inconcebible en Nina. Además, se pasea de un lado a otro como alma-en-pena y habla sólo para repetir que es inminente presentarse a la poli por el descanso del ánima de Paquita Lozano: que es nuestro deber. Y lo peor de todo es que... Vos no la vas a creer, pero igual, debo contártelo. No me mirés así, pues no me estoy volviendo loco. Nina tampoco, ¡ni pensarlo! Es sólo que ella ha cambiado el timbre de voz, suena como si otra persona hablara desde el fondo de su cuerpo. Y también agarró un marcado sonsonete guanacasteco, tragándose las eses y todo. ¿No decían que

Paquita Lozano era del Guanacaste? No me mirés así, que no son chifladuras mías. Sólo cuento lo que ha estado ocurriendo. Insólito, pero ya ves, la realidad tiene vainas inexplicables.

Bueno, pues cansado de tanta pendejada —esto debe terminar pronto, tengo que incorporarme al trabajo y Nina, con los antecedentes hereditarios, no puede continuar así—, llamo al teléfono aquel y sí, me contesta la tal Flor de María Delgado. Me hago pasar después por inspector de la Contraloría General de la República y encuentro a la Delgado en la mera dirección luciendo tamaña madreperla engarzada en oro barroco. Que si conoce a Juanico Pérez, le repito, porque ella está turbada y mientras busca la respuesta, se hace la que no me oye.

El encuentro con Flor de María Delgado fue para mí como si *aquello* —el rompecabezas sin resolver— estuviera en un tris de quedar completo. ¿Cómo sabía Nina de la Delgado y su amante y la madreperla y todo eso? Ah, se me olvidaba contarte, viejo, que la descripción que Nina hizo de ella, no podía ser más exacta. Ni que la conociera a las mil maravillas. Hasta el detalle de la risa estrepitosa y del mechón de pelo oxigenado que le cae tapándole el ojo derecho y que ella retira mecánicamente con displicencia. Yo, que entonces estaba embebido en las persecuciones, torturas y control represivo de los atroces gobiernos totalitarios en Latinoamérica; y que había comenzado a sumirme en la vida miserable del Charles Chaplin huérfano que paseaba su hambre por las calles de

Londres y que después, rico, se dedicaba a denunciar los males de nuestra sociedad, perdí interés en el genial cómico, abandoné libros, revistas, periódicos, todo, porque ¡qué carajo!, hay que hacer algo por Paquita Lozano para darle descanso a su ánima-en-pena y dejar de penar nosotros dos. Vos lo ves, me ha costado venir, pero aquí me tenés, y que Juanico Pérez me perdone. ¿Me lo creés todo? ¿Verdad que me lo creés todo? Te repito, pensé al principio que eran chifladuras de mi mujer y que estaba a un paso del manicomio. Ustedes buscan al asesino y nosotros, que no lo conocemos, que tampoco conocimos a su víctima, traemos el rompecabezas, digo, el crimen, resuelto, cuando ustedes lo daban por indescifrable. ¿Verdad que me creés y van a prender a Juanico Pérez? Por lo visto eso de un ánima-en-pena es algo serio e impostergable. Ah, no, no me mirés así, viejo...

* EL MURO

Cuando el puchero aromático no vuelve a llenarse de carne, ni de caldo sustancioso, ni de hervores, no hay duda de que ha dejado de ser puchero. Si es de cobre cargado de años y generaciones, podría tener la suerte de lucir en casa del anticuario con un cartelito que diga *"circa 1710"*, o *"perteneció al gran Oidor de México y Guatemala Don Juan de Maldonado Y Paz"*, o *"procedente de la familia de Perricholi"*. Lucir en casa del anticuario no bastaría para devolverle su calidad de puchero, pues a partir de ese momento será otra cosa: un vejestorio caro, reluciente, quietamente asentado en una estantería o vitrina, entre múltiples cachivaches estrambóticos; un posible adorno que espera, espera y espera a que el decorador de mansiones o el enamorado de antigüedades se complazca en su esencia única de puchero, en su historia, y le encuentre un rinconcito especial en alguna rica morada de Los Yoses. Será entonces sólo un ornamento. Nunca más tendrá intensidad de vida renovada, hervores de agua que anuncian despertar de nue-

---

*   Publicado en *La Costa de Oro* (Uruguay) No. 21 (febrero 1982), pp. 14-15.

vos días, aroma de nutrición diaria, ruidos vitales que llenan la casa de alma. A partir de ese momento no cumplirá ya la función que su hacedor le dio con la forma.

Sentada aquí, tras este enorme y frío ventanal que abarca una amplia sucesión de estructuras de cemento y ladrillo, sin el verdor de algún arbusto, ni siquiera un retal mínimo de cielo, soy ese puchero, un vejestorio cargado de años sin más hervores de vida, con una monótona rutina de horas, las cuales se repiten repetidamente y poco a poco voy descubriendo con horror que en esta interminable repetición hay una fatigosa eternidad de infierno. Antes, hace muchísimos años, —tantos que se han perdido en la bruma de mi memoria—, cuando contemplaba la quietud silenciosa de las cosas, nunca imaginé la eterna condena que conlleva el existir siempre ahí, colocada, tirada, o abandonada en un solo y mismo sitio. ¿Se han puesto ustedes a pensar alguna vez —piénsenlo ahora— en la tragedia de ser cosa y no poder hacer nada —como yo ahora aquí ante estas estructuras de cemento y ladrillo—; nada más que estar aquí plantada para siempre?

Ahora soy un cachivache más en un mundo poblado de chucherías. Ni siquiera soy una pieza de anticuario, pues el único acontecimiento histórico de mi vida fútil fue ver pasar frente a mi balcón las improvisadas tropas del Mayor Blanco rumbo a Nicaragua, a echar al tirano William Walker y sus secuaces gringos; fui sólo espectadora, no protagonista, de un evento; pero... ¿si no hubiera espectadores, habría eventos históricos? ¿A qué engañarme? Soy nadie, sólo un cachivache más en un mundo poblado de chucherías. Eso es todo.

Nada; sólo la ilusión de que antes, hace mucho, yo era como una pajarera llena de ruidos y alboroto. Ilusión también de que entonces irradiaba ternura de plumita tibia, y pasaba mis años en una intensa emoción caleidoscópica que los acortaba y los iba haciendo soplo de tiempo, brizna de existir, edén pasajero. ¡Y ahora esta infernal´eternidad de cachivache inmóvil frente a las estructuras de cemento y ladrillo, sin verdores de arbusto, ni trocitos de cielo!

Frente al muro, contemplando sólo la extensión del cemento y contando uno, dos, tres, cuatro, cuarenta, cuatrocientos, cuatro mil, miles de millones de ladrillos, aligero mi condena-quietud-de-cosa. También pueblo de recuerdos mi interior tan desploblado, aunque repleto de desolación. Son recuerdos que crujen dentro de mí como coyunturas y músculos que se desperezan en la mañana, al levantarse de la cama — ¡y pensar que ya no me levanto más y sólo tengo un leve recuerdo de lo que era poner los pies en el suelo, y caminar! ¡Qué bueno poder caminar!, pero entonces yo ni sospechaba que era un don preciado...

Entonces —lo recuerdo bien—, tenía la ilusión de que yo era un ser, no esta cosa vieja de ahora, abandonada y olvidada aquí frente al muro de ladrillo. Entonces yo estaba llena de mí misma. Fue entonces cuando decidimos casarnos porque mi ternura de plumita tibia se me estaba desbordando por todo el cuerpo y él la quería suya. Tuve entonces la ilusión de que eran días felices de recién casados: pasábamos juntos muy atareados porque había que inventar cada día el amor, darle forma con las manos, los ojos, las palabras, los besos, las caricias, todo, todo, hasta con el movimiento y el respirar. Después, el amor fueron los hijos, dos varoncitos sanotes y hermosos. Pero ya ni sé cuándo —hace siglos, quizá—, la existencia fue llevándose a mis hijos uno a uno: matrimonio, mejores oportunidades en el extranjero, ¡qué sé yo!, ellos tenían que hacer su vida y la mía ya estaba hecha. Cartas, alguna llamada de larga distancia al principio; después, silencio.

A veces pienso que nunca tuve hijos, que fue una ilusión, como todo lo demás. Y por último, la muerte se llevó a mi marido. Me quedé rotunda e irremediablemente sola. La soledad, el silencio y los miles y millones de años que tanto me pesan, me fueron dejando sin movimiento, sin voz para dialogar con los otros, sin deseos de nada, vacía, desmoronada. Ahora no sé si existen los otros. Quieta aquí, frente a este muro liso, sólo tengo conciencia de que me voy desmoronando, haciendo polvo, un polvillo oscuro, fino, que se abraza a la tierra confundiéndose con ella. Quieta, mirando fijamente el muro de ladrillos, me siento cada vez más extensión, prolongamiento de la tierra, parte integral y germinal de ella. Hace mucho que se me agotó la voluptuosidad de mi propia carne: al rozar mi piel, palpo el polvillo deleznable de la tierra; aspiro su intenso olor oscuro, pesadamente oscuro, que me satura hasta la médula de los huesos.

Inmóvil, aquí, antes —ya ni sé cuándo—, tejía, bordaba, tarareaba alguna canción de ayer. Era mi manera de rebelarme contra la condición que iba apoderándose de mí, adueñándose de mis últimos actos. Fue entonces cuando comencé a obsesionarme por el caldero de cobre que cuelga en la chimenea —creo que cuelga todavía ahí; no tengo ni ánimo para volver los ojos y comprobarlo; la verdad es que ¿qué saco con comprobarlo? Fue entonces cuando me identifiqué con el caldero, con la quietud silenciosa de las cosas condenadas para siempre a la inmovilidad y comenzó el muro a aprisionarme. Entonces me invadió el vacío de lo inútil que es sentirse cosa-que-ya-no-cumple-con-el-rito-de-la-vida-chunche-inservible-cachivache-que-no-puebla-más-la-casa-de-hervores-con-olor-a-nutrición-vital.

Esa fue la última vez que recorrí la corta-interminable distancia entre mi cama y este espacio de muro de ladrillos. Inmóvil, pensé mucho en las selvas de Tapantí, en esas bellas parásitas que se instalan en otro vegetal, le succionan los jugos vitales y en estrecho abrazo le van robando el ser; es un espectáculo que siempre me dejó sin aliento, tal vez porque yo presentía en ese ejemplo de la selva, mi futura condición de no ser más yo, sumida como vivo en esta mortal tiniebla que me nutre. Usted, que se mueve más allá de mi muro implacable, que come, canta, escribe, bebe y ríe, que existe y vive, usted no puede ni imaginarse el horror de este silencio total, de la quietud total, del tiempo totalmente quieto, sin movimiento —sin sucesos, sin emociones, ni deseos, el tiempo no fluye—, abovedado por la superficie lisa de ladrillo. ¿Podría usted imaginar siquiera la fatigosa eternidad de infierno que entraña mi inmovilidad de ahora?: extensión, prolongación de la tierra y de su aroma oscuro, pesadamente oscuro, que satura mi ser entero...

* TIERRA DE SECANO

*Many are the men who curse with
venom the dead days of their youth;
many are the women who execrate
their wasted years with the fury of
the lioness who has lost her cubs:..
Old age is the snow of the earth; it
must, through light and truth, give
warmth to the seeds of youth below,
protecting them and fulfilling their
purpose.*

Kahlil Gibran

Puntarenas, 8 de octubre de 1967.

Alfredo muy querido:

Te hago llegar ésta por medio de mi anciana madre, única persona que ha sabido comprenderme y
entiende que es vital para vos y para mí que recibás
esta confesión: tu soledad, a partir de ahora, dismi-
nuirá, y yo me sentiré feliz por haber aliviado ese vacío
de tu existir. Te ruego que rompás estas páginas tan
pronto las hayás leído; que mis palabras queden sólo
en tu corazón.

Desde el muelle me he quedado contemplando la
luna que riela en las aguas inquietas, y de pronto me

---

*   Publicado en *Letras Femeninas* (Beaumont, U.S.A.) No. 1 (prima-
    vera 1983) pp. 80-83.

llega con las olas tu voz de mar profundo y salobre. Pese a la distancia física de kilómetros y kilómetros, tu presencia se instala en mí y me habita toda por dentro. Es aquí, en el muelle, con el grito destemplado de las gaviotas —las cuales sólo adivino en la oscuridad—, y con tu voz de mar profundo y salobre llamándome desde tu allá lejano, que yo comprendo, después de muchísimos años, toda la verdad de mi tragedia.

Si fuera escritora y pudiese poner en un bello relato mi vida, los lectores la creerían más propia de una febril fantasía romántica, que de la realidad. Por eso prefiero dejarla en esta carta que sólo vos leerás porque vos sí sabrás comprender. Para los otros sería imaginación o escándalo: no soy una heroína de veinte o treinta años.

En mi viaje del mes pasado a San José, como siempre, fui al tren con las manos llenas de maletas y regalos a los sobrinos, pero el corazón vacío. Viajé pensando que haría mi visita más extensa que en otras ocasiones porque al fin y al cabo sería la última. Caminé entonces por esas calles de mi entrañable San José, con el sobrecogimiento de saber que ya nunca más pisaría aquellas aceras, ni saltaría ese charco, ni cruzaría la Avenida Central, ni miraría el escaparate de libros de la Universal, ni entraría a la Biblioteca Nacional, ni me sentaría en los poyos del Parque Morazán; ni vería el cielo azul-transparente de las mañanas encapotarse y llover tupido en las tardes. Cada minuto mi último viaje fue goce de un recuerdo, añoranza constante de lo ido, tristeza inevitable de saber que ya pronto no se volvería a repetir nada de eso jamás.

Así, sobrecogida por el sentimiento de lo que ya toca definitivamente al final, caminaba por la calle, cuando tu voz, Alfredo, atrás, como si viniera de la región más consistente de mi pasado, me llamó. Temí por un instante que esa voz fuera sólo eco de mi voz íntima; temí volver la cabeza, pero de nuevo oí muy claro que me llamabas, y ahí estabas, como si mi deseo de años y años se hubiera concretado en tu presencia. Yo había soñado muchas veces ese encuentro, pero como he soñado tanto y nunca se hacen realidad los sueños, cuando me miré en tu pupila oscura, sentí el mismo vértigo de ahora ante el mar tenebroso y palpitante. Temblando, comencé a adivinar la verdad de mi vida: la había venido buscando siempre por vías equivocadas.

Nuestro diálogo fue al principio como el de todos los que hace mucho no se ven y comienzan a tender hilos de comunicación. Después, quizá porque en estos últimos días yo estoy tocando con certeza el fondo último de mi verdad; o quizás por lo que nos amamos a los veinte años, poco a poco, los dos fuimos entrando en una zona en que las palabras se iban despojando de su apariencia cotidiana y significaban algo más. Vos también como yo, vibrabas al hablar. Consternación y desasosiego fueron mis primeras reacciones: sentada como siempre en mi poltrona aquí, en mi apartamento de Puntarenas —donde paso mi existencia—, mientras hacía calceta antes de irme a San José, pensaba complacida que era grato vivir con los sueños adormecidos, las inquietudes aplacadas y toda pasión ya muerta. Medio siglo de luchas merece la paz como premio después de incontables desvelos. Antes de ir a San José, yo me creía casi feliz, haciendo calceta —después de los quehaceres diarios— leyendo algunas páginas de *La imitación de Cristo*, *El profeta*, *Las moradas*; la *Biblia*, a ratos; y paseándome al atardecer por el muelle. Era casi feliz. Pero ahora, desde que te vi, Alfredo... ¿por qué volviste a mi vida y rompiste en círculos concéntricos mi quietud de agua estancada? Medio siglo de vida es ya el pórtico de la vejez —es la vejez misma—, es la renuncia al placer, al deseo, a la felicidad, a todo, todo lo que no sea deber, devoción, obligaciones, trabajo, lecturas piadosas, misa. ¿Por qué me dijiste que yo no había cambiado nada, que parecía un milagro verme igual que ayer? — no hablabas del ayer de los veinte años, por supuesto, sino de un ayer más cercano al ahora. "*Siempre*, —dijiste, lo recuerdo de memoria porque no escuché tus palabras, las absorbí con todos mis sentidos—, *desde que te conocí, Beatriz, he tenido como auténtico motivo de orgullo nuestras relaciones. En mis luchas profesionales, pensé y sentí que me estaba reflejando en el espejo de tu sentir y pensar. Y lo que me conmueve más: este encuentro... es tal la vivencia que dejó en mí tu bellísima espiritualidad, que hoy me parece no haberme separado de vos nunca, nunca, y que continuamos aquí, en la calle, bajo la lluvia, nuestro diálogo del principio...*"

Tus palabras me hicieron olvidar mis cincuenta años, porque mi sangre toda ardía con la misma palpitación de ayer y yo deseaba como ayer que me dieras un beso, muchos besos, y me abrazaras como ayer... Vos me hablabas del espíritu, pero yo para vos, sólo para vos, Alfredo, he sido siempre carne y espíritu conjugados en uno. Vos me hablaste de tu honda soledad de casado. Sí, tu voz tenía ecos de soledad, estaba toda agujereada de soledad; pero también era obvio que tu cuerpo emanaba un no sé qué de macho saciado y contento. Yo me puse muy triste, y pensando en mis cincuenta años —medio siglo es ya ser vieja y decirle adiós, hasta aquí llegué, a todo—, y mi dolorosa soltería, murmuré lo que nunca me atreví antes; y lo dije porque era a vos, Alfredo. A otro, nunca habría podido decirle nada parecido: *"Aquí me tenés, mujer frustrada, mujer a medias; solterona que no conoce a hombre, y sólo sabe del amor incompleto que vos le diste un día, cuando novios, ¿recordás? Entonces los besos bastaban para llenarnos de nosotros... ¿Cómo podés decir que soy la misma de antes? ¿No sabés que he muerto muchas veces y ya pronto...?"* Hube de contener una lágrima y reprimir —como muchas otras veces—, el deseo de pasar la ternura de mi mano por tu tez (*"sos vieja ahora, Beatriz, y no sería decoroso a tu edad"*, me dije a mí misma).

Llovía. Recuerdo que llovía a cántaros. Era de noche y vos me acompañaste todo el trayecto hasta la puerta de mi madre. La lluvia, esa lluvia fértil que sucede a las sequías y al invierno devastador; esa lluvia preñada de simientes y de frutos, abrió en mi tierra árida de medio siglo, agrietada por los soles y el tiempo, mil surcos de esperanza, y la dicha profunda de volverla a sentir cuajada de dádivas y de un no sé qué de indescifrable, como en los años jóvenes. ¡Y yo que había creído que después de tan eterna y áspera noche, sólo me quedaba la muerte con la que me he venido familiarizando desde hace mucho! ¡Y yo que ya había sepultado en lo más árido de mi aridez los recuerdos ópimos de antaño!

Al despedirnos y besarme en la mejilla, tu boca buscó la mía, y yo, sobrecogida por mis cincuenta años, esquivé tu boca, por dignidad, por decoro, por...

Ahora, mirando desde el muelle el rebullir inquietante de las olas —pese a los siglos siguen rebullendo y siguen siendo las mismas—, comprendo que fue entonces, Alfredo, cuando se me reveló patente la verdad de mi vida. El esfuerzo supremo por esquivar tu beso, socavó más mi salud. Entré a casa de mi madre tambaleándome para caer en un sofá sin aliento. ¿Por qué el decoro? ¿Para qué? ¿Por qué toda esa represión cuando mi cuerpo de solterona-mujer-a-medias no tiene medio siglo, ni se le han aplacado los ardores que despertaste ayer? En esto no he cambiado, Alfredo. He muerto varias veces, pero quiero que compartás mi verdad de ahora y espero que la comprendás. Sé que la comprenderás: antes, me identificaba yo con la tierra de secano y soñaba noche tras noche que vos eras agua que, como la lluvia de aquella tarde, me penetrabas y saturabas; y arrebujado en mis granitos de polvo, refrescabas los ardores de mi virginidad... entonces quizá... sólo quizá entonces mi tierra tendida boca arriba en la palma de la Creación, descubriría el cielo tan anhelado...

Ahora sé que la verdad es otra; que por solterona no soy mujer incompleta, ni tierra árida. Soy más completa y total que cualquier casada y que cualquier amante con experiencia. Vos y yo nunca nos hemos unido en una cama, pero desde que te vi aquel día de lluvia en San José, comprendí por qué en mi soltería nunca me he sentido realmente frustrada ni yerma, sólo lo había creído todo este tiempo: Desde que te conocí, vos me has habitado y es tan viva tu presencia en mí, Alfredo, que nunca he necesitado de marido como las demás. Nuestra pasión de ayer y la sacudida que diste a mi espíritu, puso a mi vida virginal tan inexpugnable cerco, que ningún otro hombre logró romper jamás. Por eso hoy, al escribir esto, a pesar de la distancia y de tu ausencia de tantos años, quiero decirte que porque me habitás vos, y he podido descubrir en mí tu presencia fecunda, me he reconciliado con mi ser de tierra para la tierra... ¿para la nada? Por eso hoy acepto con resignación y alegría la muerte que antes de mi último viaje a San José me daba tanta angustia.

Hoy, a un paso de la muerte, antes de que comiencen los delirios y el dolor que hace perder el sentido, en el muelle, a la luz de una bombilla mortecina, te escribo esta carta-testimonio de mi más íntima verdad y agradecimiento por haber llenado mi vida de un no sé qué de inefable y único.

Diagnóstico médico: vida para una semana; a lo sumo, un mes. Sólo entonces, cuando esté bajo tierra, mi madre te llevará éstas, mis últimas palabras para vos.

Tuya siempre,
Beatriz

* INICIACION

Pura venía del País-de-la-Legaña y como todos los de aquellas tierras, sus ojos entrecerrados estaban siempre legañosos. Era buena como el pan, simple como el agua. Tú evitabas mirarla a los ojos, pues temías que se te pegara su mal. La amabas y nunca podrás agradecerle todo lo que ella te dio. Su desprendimiento de lo material, ¿era una cualidad de ella sola, o nobleza del espíritu campesino del país?:

—Ustedes son mi familia, la única que tengo. ¿Cómo los voy a dejar ahora que tanto me necesitan sólo porque no pueden pagarme el sueldillo? Prometo ser un mínimo estorbo, pero déjenme seguir al lado suyo. Total, el dinero se evapora y quién sabe si en pocos días, tal como van las cosas, no valga nada. —Así fue como siguió trabajando en tu casa sin recibir sueldo, porque los gastos todos fueron reducidos a raíz de la guerra.

El mundo ingenuamente bueno y apicarado de Pura y el tuyo que se iba abriendo a las realidades de la vida y de la guerra, se conjugaban maravillosamen-

---

*   Publicado en *Cuadernos de* Azor (España) No. 37 (enero-marzo 1983), pp. 49-50.

90

te. A ti te gustaba ir de su mano al parque a jugar a las canicas. Te quedabas con la chiquillada bulliciosa mientras Pura se perdía en el recoveco de los senderos con Tobías, el vendedor de golosinas.

—Vamos, vamos, que se hace tarde, —venía Pura al cabo de una hora, agitada, a toda prisa, arreglando los pliegues de su falda y el moño desordenado. Era tácito el acuerdo de no decir nada en casa. Total, tú eras un hombrecillo al filo de los nueve años, y no necesitabas la vigilancia de las mujeres.

Lo que más te gustaba era ir con ella a casa de Heliodoro el paragüero. Era un raro mundo que se abría a tus ojos poblado de paraguas de todos colores y formas, unos nuevos, los más, desvarillados, sin mango, rota la tela. Heliodoro te permitía tocarlos y jugar con su colección de mangos de paraguas. Solías probarles con la lengua su sabor. Un día descubriste que no todos sabían igual. Imaginabas entonces que en esos mangos había quedado algo de sus dueños, lo cual los hacía más interesantes pues les transmitía un no sabías qué de humano.

Era tanta su naturalidad, que tú no pensaste ni un solo momento que Pura hacía mal sentándose en los regazos de Heliodoro el paragüero. Te extrañaba más bien verla a ella en una silla mientras él seguía su trabajo, como tu padre que no perdía un segundo de su labor para sentar en los regazos a tu menuda madrecita de ojos tristes.

Tú pensabas entonces que estar enamorado era hablar un lenguaje de manos que pasan y repasan lenta, suavemente, por los contornos del cuerpo de una mujer; se detienen en el misterio de las intimidades más prohibidas; y abren en el ámbito del cuarto una agitación mágica que electriza. Se te trasmitía esa agitación tan intensamente, que todo tú comenzabas a vibrar como ellos dos. Gozabas con deleite aquel momento sin comprender que era el primer despertar de tu carne al placer. Por entonces habías comenzado a adivinar que todo lo inexplicable de la vida es lo que la hace única, irrepetible. Y el amor de ellos dos era para ti un misterio.

Sin decirse nada, Purita y Heliodoro se iban adentro, a las habitaciones que tú no conocías y que ambos cerraban, cortando de golpe el hilo de vibraciones entre ellos y tú. Entonces te ponías a fantasear con los mangos de paraguas, mientras te preguntabas qué podría ser aquel crujir de resortes de catre y aquel murmullo extraño sin palabras. Pensabas con tristeza que pasados los años, esa agitación mágica se acaba y sólo queda entre dos que se quieren la mansa sumisión de tu madre y el gesto imperativo de tu padre, dos dignas personas que van juntos a misa, al club, de visita, de paseo, se hablan con cortesía, educan a los hijos, trabajan y van a dormir en paz, sin hacer crujir apasionados resortes de catres, ni llenar el cuarto de ruidos inexplicables.

—Tú no quieres a papá.

—¿Por qué lo dices, Pablo?, —tu madre suspendió el bordado y te miró con sorpresa.

—Tú no te sientas en los regazos de papá, ni se acarician nunca.

Una bofetada estalló en tu mejilla y resonó intensa, profundamente, en el último rincón de tu ser, porquedesascosasnohablanlosniños. Porquelosniñosnohablandeso. Especadomortal.

—Es el cine, —comentó tu padre preocupado—. Habrá que vigilar más las películas que ves, hijo mío.

* LOS BUENOS

Las elecciones llegaron a crear tal ambiente de tensión, que a toda hora constituyeron motivo de discusiones entre chicos y grandes. En casa hablábamos sólo de eso. Hasta Pura, nuestra criada y miembro activo del Frente Popular, se atrevió a apostarme dos reales a que ganarían los de su Partido. Yo aposté dos reales a los buenos. Pura me preguntó si los buenos eran los del Frente Popular, porque entonces las dos estábamos apostando a lo mismo. Yo le respondí no, Pura, que ésos matan de hambre a la gente.

—Y el Partido de Derechas, ¿qué? Se te olvida, Lola, que ésos me acribillaron a tiros a mi novio por reclamar su derecho a la tierra. Y a mi hermano... mejor ni hablar.

Hace años que mis ojos se están estrenando en las cosas, descubriéndolas, conociéndoles el meollo. Ahora mis ojos están llenos de cartelones y pasquines políticos. En las paredes de la ciudad, letreros agresivos, defensivos, anunciando los errores o bondades de una facción o de la otra. En la fuente de piedra, en el

*   Publicado en *Análisis* (República Dominicana) No. 84 (octubre 1983), pp. 24-25.

bullicio del mercado, en la tristeza de la cárcel, entre los anuncios de películas, cartelones políticos: *"¿En qué piensas, Antón?"*, desde cada pared de la ciudad pregunta la misma señora a su repetido esposo cabizbajo. *"Que si gana el Frente Popular, volveremos a tener hambre"*, contesta el marido pegado a la piedra, al cemento, a la viga, desgajado, flotando al viento como un adiós sin esperanza. ¿Cómo apostar a los que matan de hambre? Esos no podrían jamás ser los buenos. Yo imaginaba el monstruo del hambre con sus mil cabezas devorándose a todos los vecinos de Nograles. Hasta entonces ese monstruo hacía sus víctimas en los suburbios pobres, ahí donde el dinero no había podido comprarle bozal a sus mil hocicos insaciables. Por aquellos días, yo sospechaba que el hambre debía ser un mal tan espantoso como la peste, por la cara que ponía el repetido esposo desde los cartelones: *"Si gana el Frente Popular, volveremos a tener hambre... volveremos a tener hambre..."*

Yo entonces llamaba estúpida a Pura porque ¿cómo se te ocurre, gran burra, que ésos del Frente Popular son los buenos? A veces te pones más idiota de lo que eres. Ya sabes, apuesto a los buenos y muy buenos; no a los que matan de hambre.

— ¡Sí, sí, talentosa! Estás tronada, Lola, porque los que llamas buenos tienen las cárceles repletas y ¿de qué? De unos cuantos o de unos muchos a los que han ido matando de hambre con los sueldillos mezquinos que no dan ni para el pan de cada día. Así, como tú, apuesto también a los buenos que pararon en las cárceles por defender el flaco centavo que se hace a fuerza de azadón, pico, serrucho y martillo. Yo como tú, apuesto también a los buenos.

Mi hermano se reía:

— ¡Sí, sí!, la apuesta de ambas es a los buenos. ¡Linda apuesta! Mañana veremos quién gana.

Aquel día se fue llenando con la enorme, interminable apuesta de dos reales. Esa monedilla representaba para mí una larga semana de estudios, recados, aplicación y obediencia. Yo sabía muy bien que mi apuesta valía más que la de Pura, pues la de ella era otra moneda más en el bolsillo del delantal pringado de olores culinarios. En cambio yo había apostado la risa en el tíovivo, la emoción de la noria en descenso, la película de Roy Rodgers o de Tarzán; también había apostado el sabor oscuro de un chocolate Nestlé, la frescura de una Coca Cola, o una cometa dando coletazos al viento. Cara apuesta la mía que amenazaba con cancelar todas las posibilidades de gozo durante una interminable semana.

—Si gana el Partido de Derechas, —comentaba mi hermano mayor sacándome de mis cavilaciones monetarias—, que se preparen los políticos porque no quedará títere con cabeza.

Pensé con dolor en Ramón, quien de cuando en cuando venía a traer verduras, y mientras comía en la cocina un bocado frugal, se despepitaba contra militares, burgueses y sotanas. Por aquellos días estaba en la cárcel y debía añorar sus campos de cebada y maíz, poblados de trinos y de verdor. Muerto, Ramón no podrá volver a acariciar su tierra, ni protestar, ni hablar más en la cocina de la reforma agraria. Adivinaba, al escucharlo, que esa reforma agraria era como las ganas de hacer pis durante las horas de clase: si una sale, aunque sea por verdadera necesidad, la maestra la hace hincar en suelo de cantos finos que abren llagas en las rodillas y ahí la deja a una clavada hasta que la clase termine, aunque apremie el pis y entonces una moje los calzones, como me pasó una vez y todos se rieron y la maestra me regañó y me dejó otra hora castigada. Yo sabía que por la reforma agraria los iban a fusilar... Entonces ¿tenía razón Pura? Los del Frente Popular... eran los buenos, y yo... ¿y el hambre?

Domingo de elecciones. El día despierta temprano vestido de limpio, agitado por la expectativa. Hay que ir a misa temprano porque son grandes las colas para votar en la biblioteca. Mi padre regresa al mediodía contento, el Partido de Derechas tiene las elecciones en los bolsillos, ni dudar que la victoria es nuestra. Sólo tres gatos del Frente Popular, en cuenta el bruto de nuestro primo Jaime, el fontanero.

—Dios le perdone a Jaimito su estupidez—. Siempre que habla del primo Jaime el fontanero, la abuela menea la cabeza con un solemnísimo gesto desaprobatorio. Y es que el primo Jaime vive preguntándole si cuando él se muera, ella, que es beata, va a rezar por él que no cree ni en Dios. ¿Cuántas ánimas saca usted por día del infierno, abuela, con tanta rezadera? Y ella, sin perder su anciana dignidad, con voz firme,

97

que saco todas las que tú mandas consumirse en su fuego con tus maldiciones, descastado ateo, hereje, vergüenza de la familia. ¿Y por qué te ha dado por venir en mangas de camisa y sin corbata? ¿Es la moda en el país de los ateos? Eres un cretino, Jaimito... llegará el día en que todo sea llanto y castañetear de dientes. Espera no más... —Ese muchacho acabará mal, muy mal. Es un milagro que no esté preso.

Mi hermano dice que siempre es bueno tener en la familia miembros de otro Partido. No se sabe nunca lo que puede pasar. La abuela desaprueba con la cabeza. Cuando habla de Jaime, la abuela parece un porfiado meneando la cabeza.

¿A qué perder el tiempo en tontas discusiones? Hay que brindar hoy con champán porque ganarán los nuestros, los buenos, y todo será como antes y mejor aún. Los amigos que pasan a vernos hablan de que es nuestra la victoria. Mi padre se pasea por la casa con inquietud, escucha la radio, sale a la calle, regresa radiante, ya no hay ninguna duda, ganarán los nuestros. Mañana será un día especial, porque tendré en el bolsillo mis dos reales y los de Pura, un capital de gozos, risas y placeres. Me duermo feliz. Mañana... mañana...

El tíovivo más grande del mundo, todo azulcielo y con guirnaldas de azaleas frescas que perfumaban el aire de Nograles, lo pusieron en medio de la plaza. Corrí a subir en un caballo alazán y arrogante. El hombrecillo vestido de sucio tomó de mi mano la moneda que había ganado a Pura. Era una moneda del tamaño de un platillo y decía en grandes letras, *"por el triunfo de los buenos"*. Yo subí contenta, muy contenta, y el tíovivo comenzó a girar. Arriba, abajo, vuelta, vuelta, vuelta. El hombrecillo vestido de sucio, uncido a la muela del engranaje con una correa, y por la cintura, hacía girar los caballitos a toda prisa, arriba, abajo, vuelta, vuelta, vuelta. El hombrecillo corría, corría y corría; tropezaba, caía, se levantaba, seguía, seguía, seguía, como si nunca fuera a parar. Yo estaba mareada, tenía náuseas, ganas de llorar y gritar que no importa si ganan los buenos o los malos (total no se sabía cuáles eran cuáles), porque todo sigue igual, dando las mismas vueltas, y siempre hay alguien uncido a la rueda. Al final, el hombrecillo vestido de sucio no pudo más y cayó hecho un montón de carne llagada, y con él se desplomó a mis pies el tíovivo azulcielo.

Pasó el lunes sin nuevas de las elecciones. Comenzó Nograles a ponerse inquieto. ¿Fue el martes? Ya no sé cuándo la noticia dio un zarpazo traidor y mis dos reales fueron a parar al bolsillo de Purita: triunfo del Partido Popular de Izquierdas. Dueña de mis dos reales, Pura se puso uniforme de miliciana y se fue a servir al Partido.

Mi padre iba dejando por toda la casa su letanía de parece mentira, es imposible, no lo creo, ¿estaré soñando?, pero ¡si teníamos el triunfo en las manos! ¡Dios mío!, y ahora, ¿qué?

Ahora, el pueblo en masa, dueño del poder y de las armas, arrasa con altares, cálices, hostias, vestiduras sagradas, exvotos, viacrucis, oraciones, bautizos, misas, bendiciones... quema iglesias, conventos; hace masacres de curas, monjas, frailes y ya nunca más hay domingos ni días de fiesta con vuelo de campanas, ni latines, ni incienso. Y hay hambre, mucha hambre. Yo tengo hambre ahora y ya se acabó la última miga de pan y el litro de leche que todos los días voy a buscar a un kilómetro de aquí, bajo los bombardeos continuos y el ametrallar incesante que se redobla en ecos por todo Nograles.

Sí, es cierto, el hambre es un monstruo que nos devora. Los del Frente Popular no son los buenos... ¿Serán los otros los buenos? ¿Y si todos son malos? Si todos son malos... Hambres, masacres, fusilamientos, violaciones, encarcelamientos, bombardeos, me han enseñado ahora que... ¡qué más da!, si ahora sólo sé que tengo hambre, mucha hambre... que muero de hambre...

MIENTRAS EL NIÑO DIOS DUERME
EN ALMOHADONES DE RASO*

—El Corazón de Jesús no lo toca nadie. ¡Nadie, nadie!—. La figura voluminosamente negra de la abuela protegía con furia la imagen bendita. ¿Quién arrancaba a la vieja el Corazón de Jesús que había presidido en la casa sobre pedestal de mármol, en urna de cristal, arca sagrada de lejanas generaciones patriarcales? Antes muerta que permitir una mano ajena sobre su santa arca. Habrían de pasar primero por su cuerpo y cuando lo tocaran, ¡ay del que lo toque, porque contra él se encenderá la cólera de Dios, quien lo fulminará! Y cuando la ira de Dios fulmine a los profanadores, todos habrán de temblar, ¡lo verán, lo verán!, más que David y los hebreos. ¿Qué demonios tenían que ver David, los hebreos, el arca sagrada y todas esas zarandajas con aquel momento de terror, real y sin ninguna atadura con el pasado bíblico de otros pueblos? Ni darle vuelta que chocheaba la pobre. ¡Estaba tan vieja!

Desde el rincón más oscuro del cuarto, tú mirabas obstinadamente los voluminosos y dignos pechos de la abuela que guardaban de manera prodigiosa la reli-

---

* Publicado en *Foro Literario* (Uruguay), No. 13 (1985), pp. 9-12.

quia de San José Oriol. Aquel trocito de hueso en
cristal y oro, te obsesionó siempre, y ahora más, ocu-
pando un lugar tan íntimo de la abuela al que tú nunca llegaste ni en tu más tierna infancia.

El altavoz de cada día pasa ahora, calle abajo,
machacando lo mismo de siempre:

*"Radio Popular habla al corazón de sus leales.
Hoy es día señalado con cruz de sangre sobre
la cruz de madera de una mentira religiosa.
Hoy hay que rendir homenaje a Leroy, el líder que nos dejó una misión cuando pronunció con fuego aquellas palabras..."*

— ¡Vístelo rápido, rápido!, que nadie reconozca la
imagen sagrada—, te ordenaba tu madre impaciente
mientras ibas vistiendo con gorro y escarpines de lana
la desnudez del Niño-Dios. En la cama, entre almohadones de raso, el Niño-Dios era en esos días sólo
un muñeco más.

*"Siempre con el pueblo, Radio Popular... las
palabras... (esconde, esconde esta Santa Tere-
sa bajo el colchón)... del hoy ausente líder
del pueblo, Leroy, se hacen realidad: Hay que
arrasar esta civilización decadente carcomida
de mentira y boato. Hay que destruir... (¿el
San Juan Bautista, dónde lo escondemos?)...
para construir... Radio Popular con el pueblo.*

—Madre, no hay tiempo que perder. Usted no quiere que hagan con el Corazón de Jesús lo que están haciendo con las imágenes sagradas de los vecinos, ahí en la calle.

A la fuerza tu padre logró llevar a la abuela al balcón para hacerla contemplar cara a cara la concreción más cruel de todo lo que ella había temido tanto desde los tiempos de las elecciones: desde los balcones del frente los rebeldes tiraban imágenes de santos, rosarios, cuadros, reliquias, escapularios, crucifijos, los cuales iban amontonándose estrepitosa y dolorosamente en medio de la calle sola.

—Esos rebeldes no tardarán en arrasar nuestra casa. Están ahí no más, enfrente, a dos pasos. No hay tiempo que perder.

Mientras la abuela sollozaba con un gemido que era la suma total de muchos sufrimientos juntos, tu padre corrió a esconder el Sagrado Corazón.

"Destruir templos... nadie escuchó entonces al líder del pueblo, Leroy... Destruir templos, liquidar a Dios, levantar el velo a las novicias y hacerlas madres para virilizar la especie. Acabar con la propiedad privada y hacer hogueras de escrituras legales para purificar el país de tuyos y míos y de propietarios de tierras muertas. No hay que detenerse ante altares, ni tumbas. Hay que luchar, matar, morir para llevar a nuestras legiones de proletarios al lugar que les corresponde. Radio Popular, siempre con los suyos, pueblo noble y valiente".

Con los ojos llenos de lágrimas —¿por el humo acaso?—, tu madre quemaba la imagen de la Inmaculada Concepción. Sus labios musitaban algo muy bajito que el vozarrón de Radio Popular dejaba oír sólo a medias, *hoy por el pueblo, mañana y siempre por el pueblo, luchar, matar, morir...* (El Señor y la Virgen Santísima nos protejan...) *Que las puertas de los templos no detengan a nadie, ni las sotanas ni los hábitos religiosos sean un estorbo...* Por la puerta abierta al abismo, entró el demonio y lo arrasó todo consigo...

Desde un ángulo de la ventana divisaste a tu primo Jaime, el fontanero, vestido de rebelde —mono azul, pañuelo rojo al cuello, casquete, fusil—, tirando un crucifijo al montón. Ya ibas a abrir la ventana y a gritarle que no hiciera sufrir así a la abuela ni a tus padres, cuando en esos momentos se alzaron del montón de reliquias mil lenguas de fuego, y en un santiamén sólo cenizas, trozos ahumados de yeso, alambres retorcidos, quedaron dispersos en la calle.

Los rebeldes se fueron a otra puerta, dos calles más abajo, mientras nuestra casa toda se poblaba de rezos, clamores y sollozos. Nograles era un amasijo de gritos, golpes de reliquias contra el pavimento, llamaradas, humaredas en los puntos rematados en cruz, taconear hostil de la gente, descargas múltiples, aisladas. Cerraste entonces los ojos para no ver más ese infierno que hacía la tarde interminable, llena de miedo.

Hace tiempo has cesado de vivir en la única dimensión de esta realidad —¿es ésta de veras la realidad? Tus sentidos que están abiertos a todo se vuelven ubicuos y la confusión entra en tu espíritu. El tiempo escapa de calendarios y relojes. Ahora yace el tiempo en el fondo de ti, estirado en una rara eternidad. ¿Cuántos días, meses, años, han pasado desde que quemaron los templos y subió al cielo el humo con el clamor de los perseguidos? El domingo, cuando Dios reposa el cansancio de su monumental creación, todos se aprovechan de su descuido y salen a romper la armonía del universo con tiroteos y muerte. Vivías en la rutina de la paz con los tuyos, cuando el Capitán General de las Fuerzas Armadas, al frente de sus soldados, fusiló la paz: mil tiroteos agujerean la tarde del domingo y la van dejando exánime, desangrándose en las calles, entre gritos, pasos precipitados, clics de rifles que se cargan más y más de muerte, disparos, disparos, disparos... Cierras los ojos preguntándote por qué esos soldados del Capitán General no son de plomo como los que juegan tus guerras inocentes, ni de trazo de lápiz como los que luchan en las hojas cuadriculadas de tus cuadernos. Mientras, Nograles se revuelca en sangre y polvo. Tú quieres protestar, reclamar tu derecho a la paz, pero sólo haces pis en tu ropa y comienzas a llorar ante el charco amarillento en el suelo. Por primera vez en tus pequeños años nadie te regaña; ni siquiera se ocupan de tu horrible tragedia. Entonces la noche se cierra completamente dentro de ti. ¿Fue antes o después de la quema de templos? Tú sólo recuerdas el último íntimo placer del pis cálido en tu ropa interior. Después, el malestar de moverte entre trapos mojados asquerosamente adheridos a la piel.

Los rebeldes entran a tu casa rompiendo, atropellándolo todo. Bajo tu balcón pasa el Capitán General con sus soldados hacia la alcaldía — ¿cuándo fue?—, y la casa vibra toda en un palpitar de miedo y emoción. Se cierran visillos, contraventanas, mientras sigue el Capitán General con el ejército su marcha infinita al ataque... (Padre nuestro que estás en los cielos... ¡Protégenos Señor! ¡Virgen del Socorro, ampáranos! Señor, ten piedad de nosotros.) Los rebeldes vuelven varias veces, muchas veces, a hacer requisas. (¡Ave María Purísima! Protégenos, Virgen del Socorro.) Una tarde pasó bajo el balcón el Capitán General con su ejército, y miraste las manos monstruosas que tenían contornos de muerte. No comprendiste entonces por qué de los balcones salían vítores a los militares de flamante uniforme. También ahora a los rebeldes —mono azul, pañuelo rojo al cuello, casquete y fusil— que rompen imágenes sagradas y queman templos, los vítores de los balcones los enardecen. Los rebeldes volvieron varias veces, muchas veces más, siempre para llevarse algo consigo. Eran tiempos de verdadera confusión. Entretanto, el Niño-Dios dormía plácidamente con gorro y escarpines en la blandura de raso de una cama. Ahora ni siquiera la vida pertenece a nadie: rojo y limpio y brillante, el coche-fantasma da vueltas por Nograles, ruleta de la muerte a la que sólo se apuesta con la vida.

106

¿Adónde se dirige hoy? ¿Adónde va a detenerse ahora? Vacío, silencio, terror va dejando a su paso el coche-fantasma. Se detiene ante una puerta, recoge a la víctima y sale disparado al cementerio, hacia el paredón de fusilamiento.

Comienzas a sentir que has dejado de ser tú mismo y te has diluido en una confusión inevitable de fechas, de hechos: ya no sabes cuáles hacen más daño ni cuándo lo hicieron; si el Capitán General con sus soldados de flamante uniforme que ametrallan la alcaldía y disparan con cañones para aniquilar a los pocos campesinos que defienden su derecho natural a la tierra, o los rebeldes —mono azul, pañuelo rojo al cuello, casquete y fusil— que queman templos y rompen imágenes. Ya no sabes si los bombardeos que destruyen poco a poco a Nograles son de militares o de rebeldes, de extranjeros o de paisanos. Sólo sabes que la voz de un líder —¿de qué partido?—, un triste y frío día de otoño se alza sobre todos nosotros para anunciar que cuando la victoria sea suya, fusilará sin piedad a los millones que tiene en su lista negra.

Mientras, por las calles de Nograles sigue paseándose el coche-fantasma y en tus noches se mete varias veces en tu pesadilla, te saca de tu hogar y te deja en el cementerio, frente al paredón de fusilamiento —raro pelotón de rebeldes con mono humilde y de militares con flamante uniforme. Entonces tu angustia grita la gran verdad de ese momento:

— ¡No me maten, no me maten! Fusilen a los culpables, a mí, no. Prometo confesarlo todo, todo: la

107

culpa la tiene el Niño-Dios que está vestido de muñeco
en la cama y duerme entre almohadones de raso...

COSECHA DE PECADORES*

A María Eugenia Monge de Castro,
inspiración y aliento en los años de colegiala,
mi agradecimiento eterno.

...germinan los impíos como la hierba, y
florecen tantos que obran la maldad, para
ser destruidos por la eternidad.

Florecerá el justo como la palma,
crecerá como el cedro del Líbano.
SALMOS 92:8,13
La mies es mucha y los pobreros pocos.
SAN LUCAS 3:6-7

Memito Conejo había invertido todo el caudal de su existencia en el noble quehacer religioso, con tan sostenida vocación, que nadie rivalizaba con él en Noqrales. Memito Conejo se pasaba leyendo todos los devocionarios, tratados teológicos y de doctrina, catecismos, breviarios habidos y por haber; cuanto cayera en sus manos, y que por supuesto, tuviera que ver con Dios. Y como si esto fuera poco, pasaba metido en la iglesia reza que rezarás, meaculpa-meaculpa, padrenuestroqueestásenelcielo, aveMaríapurísima, entre ceremonias y reuniones de asambleas parroquiales. La vida ejemplarísima de los santos, que también leía como su madre devoraba telenovelas, dejó en Memito Conejo la convicción de que estaba en este mundo

* Publicado en *Ancora* (suplemento literario de *La Nación*).

para efectuar una misión muy especial, tanto que le ganaría un lugarcito privilegiado entre los privilegios del Reino de los Cielos. Sin embargo, su permanencia en el monasterio fue muy corta:

—Sos indisciplinado, muy indisciplinado, Memito—, lo reprendía el prior meneando la cabeza con desaliento. —Ya sabés bien que el monasterio requiere una disciplina a rajatabla. Vos podés servir a Dios de muchas otras maneras... he observado, por ejemplo, que tenés vocación para números, dinero y negocios. Es un hecho que te dedicás más a los trueques y tratos productivos con los novicios, que a los rezos y sacrificios propios de esta santa casa. Con tu capacidad mercantil podrías venderle al carnicero hasta un perro muerto. Dedicate mejor a eso y no perdás tu tiempo aquí ni nos hagás a nosotros perderlo contigo. En el negocio prosperarás y en poco tiempo podrás poner el capital al servicio de Dios, pues sin duda alguna El es tu meta. Y a Dios lo hará feliz si te cuidas de sus ovejuelas. Como ves te sugiero otra manera (la de Marta), para servir a nuestro Señor.

Memito Conejo acabó por aceptar que no se habían hecho para él los ayunos, los desvelos sistematizados en el cumplimiento de rezos de casi veinticuatro horas, trabajos indeseables para probar la capacidad de humillación, el poco hablar y el menos comer... él que gozaba comiendo —único verdadero placer de su vida. Salió del monasterio, y pese a su indisciplina continuó comulgando a diario. Probó el Seminario, y lo mismo: el afán de lucro era superior a la devoción. Su única lectura siguieron siendo los Evangelios y vidas de santos. Para hacer honor a la verdad, hay que decir que no había en Nograles quien no reconociera de lejos aquella silueta místicamente desgarbada de joven meditabundo; los morosos andares del que teme dar pasos precipitados que podrían escandalizar a la gente y ofender a Dios; su voz de remanso que fluía en susurros casi imperceptibles:

—¿Qué decís, Memo del carajo? ¿No podés hablar como los demás? ¡Qué se te oiga bien, huevón, y no como si fueras pendejo marica que emite murmurios de arcángel en vez de palabras audibles! Desengañate de una vez por todas, vos no sos más que un pichón de cura.

Memito Conejo se santiguaba escandalizado, tomaba entre sus lánguidos dedos la Biblia —pringosa y con marcadas señales de continuo manoseo—, y se iba con su música a otra parte.

Así pasaron meses y años, sin que disminuyera en Memito Conejo la firme convicción de que el Señor lo llamaba para cuidarse de su vasta viña y apacentar sus ovejuelas. *"¿Por qué no me hablás clarito, Señor, y me decís cómo puedo servirte?"* —rezaba todas las noches con la agonía de comprobar que ya era cuarentón y que su vida seguía consumiéndose en menudos quehaceres inútiles. Lo peor es que ni sus ta-

111

lentos lucrativos los estaba aplicando al servicio de nadie, ni al suyo propio—. *"Estoy convencido de que Vos no me trajiste acá sólo para comer, dormir, trabajar y descansar. Decíme de una vez por todas, Señor, lo que querés de mí y santas pascuas"*.

Pasado mucho tiempo, una mañana entró radiante Memito Conejo en la pulpería de los Moreno y entonces habló como todos los parroquianos, casi a gritos, con lo que dejó bien sentado un cambio radical:

—*He renunciado de una vez por todas al catolicismo*—. Al oírlo todos desgañitarse de aquel modo, no podían creer que fuera el mismo Memito Conejo, el pichón de cura, quien el día anterior aún emitía murmurios de arcángel desangelado—. *Vengo de renunciar al Dios de los católicos porque es un tirano que exige mucho y yo ya he quedado en la lipidia de tanto que le he entregado; le di mi niñez; le di mi primera juventud; le di dos mil veces mil días de oración; ayuno y abstinencia; le di la negación rotunda al placer y al goce físico... todo, absolutamente todo se lo he dado y aquí me tienen ustedes con las manos vacías. Ahora el Dios misericordioso de la Gran Iglesia de los Desamparados me envía por boca del reverendo Watson el mensaje de que lo siga. Me he convertido a su credo.*

A partir de hoy verán ustedes quién es Memo

112

Conejo y la altísima misión religiosa que cumplirá arrebatado por su fe.

—Aclárame una cosa que no llega a vislumbrar mi pobre magín: ¿bautistas, católicos, evangelistas y toda la sarta de creyentes, tiene cada uno su Dios?—, le preguntó con tono burlón Chacho Reyes, el carpintero—. ¿Y cómo podemos averiguar nosotros, pobres ignorantes, cuál de todos esos dioses es el verdadero?

Tanto era el arrebato del momento para Memito Conejo, que ni se percató de que le tomaban el pelo. Poco después, un amanecer lluvioso, cuando el río se salió de madre y el puente de hamaca fue arrastrado por el torrente, Memito Conejo salió de Nograles para volar al norte, donde se internó en un seminario protestante.

Sólo él sabe cuántos años permaneció allá, en el norte, pues fueron tantos, que ya en el pueblo casi ni se acordaban de él. De tarde en tarde alguno aventuraba un comentario:

— ¡Carajo!, a mí no me la hacen buena. Tanto silencio huele a chamusquina. El condenado de Memito Conejo debe estar dándose la gran vida con alguna rubiales y ya ni se acuerda de este pueblucho ni de nosotros. Y tonto sería si regresara a seguir en las mismas de antes por aquí.

Así, cuando regresó hecho un reverendo pastor, todos se quedaron pasmados, y por supuesto, durante

113

muchos meses la gran noticia y tema de conversación fueron siempre los mismos: que Memito Conejo se había instalado en una casa frente al templo católico (*"es todo un desafío extremado al padre Martín y a la santa Iglesia Católica"*, cuchicheaban con temor de que llegaran sus comentarios a oídos del cura)...; que había colocado una reluciente placa donde se leía en letras de a cinco centímetros *"REVERENDO WILLIAM RABBIT";* que predicaba con tal fogosidad y vehemencia, que arrastraba a las multitudes a convertirse al protestantismo; que arrobado, durante los sermones alzaba la voz —antes voz de arcángel desangelado—, en cánticos sagrados que llenaban el espacio entero del templo y lo hacían estremecerse en suprema veneración; que a diferencia del Padre Martín, quien se pasaba amenazándolos con las penas del infierno por fariseos, maledicientes, adúlteros, mentirosos, etcétera, etcétera, etcétera, etcétera, él sólo predicaba la bondad y misericordia de Jesucristo, de sus milagros y de los gozos que nos esperan en la otra vida, la verdadera. Por eso, pese a las advertencias y recomendaciones saturadas de amenazas apocalípticas del padre Martín que tremolaba de rabia en el púlpito, muchos fueron los que abandonaron su rincón aguardentoso de la cantina; dejaron los tacos del billar que ocupaban sus interminables horas de ocio; y se olvidaron de la querida de turno, para ir a escuchar la palabra sagrada de Memito Conejo... quiero decir, al Reverendo Rabbit, porque a partir del momento en que salieron del oficio religioso, todos le mudaron el trato. Con el tiempo, acabaron por llamarlo sólo Reve Rabi, así se quedó hasta el final de sus días.

A partir de ese momento se armó la de padre y señor mío, pues el cura de Nograles comenzó una campaña intensa y seguida contra *"esos protestantes discípulos del demonio, intrusos forasteros ajenos a nuestro ser hispánico y por tanto católico, apostólico y romano, como debe ser. Desconfiemos, porque en verdad digo que son una manera solapada y hábil de manifestarse el demonio engañabobos".* Increpó entonces a sus feligreses para que no saludaran siquiera a los que él llamaba *"del bando de Lucifer"* y para que cuando los hallaran en la calle les hicieran la señal de la cruz y repitieran por lo bajo *"vade retro, Satana",* tres veces. También para que les volvieran las espaldas y los desafiaran de mil maneras obvias. ¡Ah!, y a los que pusieran un solo pie en el templo protestante, los excomulgaba y mandaba derechito a las calderas de Pedro Botero de donde según él, no saldrían jamás, ni con una millonada de misas, rosarios, ni jaculatorias.

A Paquito Conejo, alias Reve Rabi, quien se había formado muy bien en la escuela religiosa de los gringos, nada de eso le hacía mella. Más bien enseñó a sus feligreses a no dar importancia a

"tanta majadería de cura histérico que ve dispersarse irremisiblemente el rebaño suyo. ¿Por qué ese rebaño ayer tan sumiso a los dictados del Papa y de su legión de ensotana-

dos hoy me sigue a mí, pastor protestante, acusado de enemigo *'per saecula saeculorum'*? Porque Cristo está con nosotros, los que hace siglos llevamos a cabo la reforma de la Iglesia podrida por la lujuria y el extremado afán de lucro. Porque la católica es una Iglesia que hace mucho perdió de vista los bienes espirituales y eternos para entregarse a los materiales y temporales. El único negocio de nuestra Iglesia es hacerles ver a Cristo, hacerles amar a Cristo, hacerles vivir con Cristo, hacerles seguir a Cristo con una entrega total... nuestro negocio, repito, es sólo éste y ningún otro. Recuerdo que nadie consigue nada en este mundo si no cuenta con Cristo, porque El es el campeón de peso pesado, el único por el que debemos apostar, el único que debe reinar en nuestros corazones. Nuestro negocio, vuelvo a repetir, es librarlos a ustedes de ustedes mismos, abrirles los ojos del espíritu para que se llenen de El, que vestido con toda su hermosura, nos inunda con su amor, su verdad y su perdón. Los de ellos, fanáticos católicos, inquisidores por siglos, son negocios de este bajo y terrenal mundo. Los nuestros, como que hemos sido escogidos por Dios, son negocios que sólo tienen que ver con nuestro Señor Jesucristo. El cambio implantado por nuestra Iglesia lo recomendó ya San Pablo, quien dijo: "Hay

*que despojarse del hombre viejo, viciado por
la corrupción del error, y hay que renovarse
en el espíritu y vestirse del hombre nuevo
(EFESIOS, capítulo 4, versículos 22-24)".*

Así, en un revoltijo de Evangelios, verdades de la
Iglesia, injurias y distorsiones de las Sagradas Escrituras, los iba embaucando poco a poco. Sin embargo,
como ocurre en todo pueblo (porque los defectos no
son privilegio único de Nograles), las malas lenguas
que nunca tienen reposo, divulgaron por ahí que Memito Conejo, alias Reve Rabi, alcanzó el rango de pastor gracias a muy dudosos y discutibles negocios. Vale
la pena consignarlos aquí para que queden en los anales de este pueblo como constancia del ingenio de este
ciudadano:

Lo que afirman es que su viaja al norte y su entrada al seminario los logró a base de cartas dirigidas
a todo quisque, en las cuales anunciaba cómo el Señor
había venido a él para ordenarle en forma imperiosa
que se hiciera pastor protestante y salvara a Nograles
de tanta perdición. Así seguía explicando la carta, para cumplir con su destino, les rogaba contribuir aunque fuera con unos centavillos para recaudar unos tres
mil dólares. Y como a pellizcos se mata un burro, de
centavo en centavo y de peso en peso logró apilar sus
tres mil y un larguísimo pico más. Algunos, como
Chimpa, el hereje secretario de la Alcaldía (por supuesto que no podía faltar en Nograles un hereje),
se despepitó contra él:

117

—Ese pendejo pichón de cura desplumó a los ingenuos incautos que todavían creen en llamados del Señor y en vocaciones religiosas, las cuales son restos del oscurantismo medieval. Ni dudarlo que les dio el sablazo a los cretinos que esperan aún milagritos. Me apuesto los pantalones que ese carajo no vuelve a asomar la jeta por aquí.

Pepe, el portero del equipo de fútbol El Nograleño subrayaba las palabras de su amigo asintiendo con la cabeza para después agregar:

—En el seminario también se decía llamado por el Señor y acabó puertas afuera con el rabo entre las piernas, pues a los curas no los engatusa naide—.

Lo que no sabía era que frailes y curas le habían sentido el tufillo de mercader, lo cual no calzaba bien con la entrega desinteresada del sacerdote.

Otros, más avezados en debilidades humanas, lo apoyaron:

— ¡El pobre!, ¿qué de malo hay en darle otra oportunidad?, —les repetía Agapito, el cantinero—. ¡Idiay!, ¿quién quita que entre los protestantes salga obispo o algo por el estilo?

— ¡Carajo! También hay que considerar que a estos sotanudos curas es difícil tenerles contentos—, intervenía Juanico el barrendero.

Así, cuando al cabo de los años apareció trajeado de negro con impecable alzacuello blanco, al principio creyeron que era un nuevo pastor gringo. Peripuesto y de modales flemáticos, casi elegantes, no se parecía en nada al pobretón desgalichado y greñudo de otrora. Por lo mismo (y esto olvidé decirlo antes), cuando pudieron confirmar que en efecto aquél era Memito Conejo, a pesar de su acendrado catolicismo y de las retumbantes amenazas del Padre Martín, acudieron en masa al primer oficio dominical que celebró y que fue anunciado como es debido en los cuatro rincones de Nograles.

— ¿Querés decir que ese maje de veras es Memito Conejo? El muy pendejo tiene tal empaque que me cuesta creerlo. Y cuando se jue a los USA, ¿no tenía el pelo negro como mis pecados? Yo no me recuerdo que fuera rubio.

— ¡No jodás! Salió cholito de aquí hace años, ¿y ahora regresa rubio! ¡No me digás que en apriendiendo inglés uno se vuelve chele? ¡

— ¡Lo que soy yo, quiero ver a toda costa el milagro del cholo rubiales y por eso no me perderé por nada del mundo su sermón de estreno.

—Ni yo...

—Yo tampoco...

Ah, también había olvidado contarles que las mujeres, azuzadas por el padre Martín, pusieron el grito en el cielo, protestaron de mil maneras y algunas llegaron a extremos imperdonables:

—¡Hereje, sacrílego, ateo!, le gritaba Ruperta a Danilo, su cónyuge, entre muchos otros improperios que más vale no repetir para no ofender a los quisquillosos—. Si el domingo ponés una pata en ese antro de Satanás, te lo juro, Danilo, que no te dejaré atravesar ni el corredor de nuestra casa... y tampoco gozarás más de los favores de *mi* negocio—. Con tal amenaza, Danilo no tuvo más remedio que quedarse con las ganas de disfrutar el *"espectáculo"* que prometía ser de primera y al que los otros asistirían. ¡Pobre Danilo!, ¿cómo iba a arriesgarse a perder el privilegio de pasarse horas y horas en el billar de los Moreno y en largas conversonas con los amigotes, entre traguitos de guaro y cerveza en la cantina, y a veces —muy pocas—, en los poyos de la plaza, mientras Ruperta se deslomaba trajinada en la pulpería desde el amanecer hasta las últimas horas de la noche?

Otros timoratos también desistieron ante las amenazas de sus mujeres en las cuales les iba mucho de su bienestar y comodidad. Carmita, por ejemplo, juró a Juanico que si asistía al servicio religioso protestante, no le permitiría nunca más atravesar la puerta de la alcoba conyugal ni gozar de sus privilegios conyugales. No obstante, abundaron los que hicieron caso omiso a sus consortes y no se perdieron el tan decantado *"espectáculo"* (digo, el primer sonado sermón de Memito Conejo, alias Reve Rabi). Así, la multitud de aquel histórico atardecer dominical, fue tantísima, que el templo de madera, no construido para esas apretazones humanas, daba la impresión de derrumbarse en cualquier momento.

El padre Martín lo interpretó como un negro aviso de que estaban por desaparecer los pacíficos y gloriosos días en que el sacerdote era el ombligo del pueblo y todo se volvía en *"Padrecito, venga a probar los tamales de Navidad que me salieron de rechupete"*; y *"Padrecito, tome estas gallinitas que las he engordado especialmente para usté. Además son excelentes ponenderas"*; y *"Padrecito tenga esta platilla pa' las velas del altar mayor"*. Además, cuando visitaba a sus fieles, le escogían el mejor sillón, confortable, y donde no hubiera chiflones; y los más selectos manjares, a gusto suyo, como a pedir de boca. Presintiendo el final de su reinado, sólo le quedaba combatir contra el enemigo con alma, vida y corazón. Las Hijas de María y algunas otras mujeres con unos pocos hombres formaron su batallón de combate. *"Persevera y vencerás"* se convirtió en el lema suyo y el de sus seguidores.

A los que escucharon el sermón de Memito Conejo, alias Reve Rabi, les gustó mucho. Salieron comentando que lo mismo que se vive repitiéndonos el padre Martín. Cada domingo en el púlpito el mentado *"Padrecito"*, como lo llaman esas metiches beatas, se vuelve una perfecta pastilla Dormital de efecto instantáneo, porque se pone a roncar tan pronto como abre la boca. Con entusiasmo, comentaban partes del sermón de Memito Conejo, alias Reve Rabi, y sobre todo lo del milagro más reciente, de Jesucristo por intercesión suya:

— ¡Qué bien lo dijo el condenillo Reve Rabi!—, explicaba entusiasmado Pepe, con el fervor que ponía cuando le tocaba defender la cancha de *"El Nograleño"*—. A mí se me puso la carne'e gallina cuando explicó que nomasitico le pronunció él las palabras de Cristo a aquel desdichado mecánico, el guaro se convirtió milagrosamente en leche para sustento de sus hijos muertos de hambre... El mecánico era un borrachín al que recogían con tamañas monas por las calles de un pueblito allá en el norte, y el Reve Rabi logró apartarlo de la bebida. Así, el dinero que antes dejaba en la cantina, fue a parar a la lechería.

—A mí lo que me frunció todo por dentro fue la anécdota del hombre que se había declarado en bancarrota y estaba en un tris de suicidarse. ¿La recuerdan? —comentó en el colmo del arrobamiento Paco, el de la verdulería—. Sí, el que se iba a destapar la sesera y cuando tenía la pistola lista, oyó a Dios que le decía:

"¿Cuánto dinero tenés ahoritica?". *"Nada, estoy en bancarrota total"*, contestó el hombre. *"¿Y cuánto trajiste al mundo cuando te di la vida?"*, volvó a pre-

122

guntarle Dios. "Naditica, Señor. Vine al mundo desnudo y con las manos vacías", volvió a contestar el hombre. "¿Y cuánto te vas a llevar cuando te vayás de aquí pa'siempre?", preguntó Dios de nuevo. "Dizque naditica", contestó por tercera vez el hombre. Entonces Dios le preguntó otra vez: "Así, miserable, ¿si nada trajistes, si nada tenés y nada te llevarás, cómo pretendés estar en bancarrota?".

—Esa sí que fue buenísima!

Después de ese egregio domingo, algunos continuaron yendo al templo protestante, "pos si me dan los frijolillos de la semana, no voy a ser tan babieca que los desprecie, ¿no lo cree usté, don Agapito? Así el Reve Rabi no tiene que hacer más milagritos: yo le seguiré dejando a usté la plata del guaro y mis hijos no padecerán hambre, decía con cinismo Manolo, el limpiabotas". Sin embargo, me consta que Memito Conejo, alias Reve Rabi, les consiguió trabajo a algunos que vivían de la beneficiencia y los mantuvo tan ocupados, que puso distancias entre ellos y la cantina, el billar y otros antros de ocio y pecado. Fue entonces cuando los dueños de esos establecimientos se unieron a las fuerzas del padre Martín y se entregaron a una intrépida campaña contra el Reve Rabi.

Entre insultos e improperios como armas de ataque al enemigo, abundaban las calumnias de todo tipo contra el Reve Rabi. En algunas asomaba una puntilla de verdad ya que se podía descubrir el paño de buen

123

comerciante y administrador de bienes temporales olfateado por los frailes en su juventud. Se decía, por ejemplo, que cuando viajaba predicando la palabra del Señor, en los restaurantes donde solía parar a comer, en lugar de la propina tan esperada por los camareros que lo servían y con la que completaban el flaco sueldo, les dejaba hojitas primorosamente impresas con una ferviente plegaria. Y que cuando los camareros, quienes ya lo conocían, lo veían llegar, echaban suertes para ver a quién le tocaba la mala fortuna de servir a tan generoso servidor de Dios que con tanta largueza completaba sus magros sueldillos. Y dizque con los ojos entornados como si el cielo fuera su única mira, y con voz fervorosa de beato, les decía:

— ¡Mire usted cuánta riqueza le prodigo con esta oración! Es una plegaria especial, sin precio, por lo mucho que capitaliza con el tiempo, cuando se la reza devotamente.

Después comentaba que ese era su modo de ir ahorrándole a su Iglesia, a la vez que cumplía con su misión de evangelizar.

Que no eran habladurías lo de su talento mercantil con las cosas de la Iglesia, lo confirmaron los volantes que invadieron hasta los más remotos rincones de Nograles. En ellos Memito Conejo, alias Reve Rabi, anunciaba:

"Ahora que se acerca el día de la madre, déle a la suya el regalo que milagrosamente seguirá para

124

siempre regalándole dones. *Cómprele una Caja de Dios por el mínimo costo de cien pesos. Las Cajas de Dios, de 7 X 10 X 4 centímetros y de finísimo jaúl barnizado, han sido diseñadas para que luzcan en lugar prominente en su casa y para que sus dueños establezcan contacto directo con el Señor. Usted sólo tiene que escribir sus problemas o deseos, introducir el papelito por la ranura de la caja y a partir de entonces Dios se hará cargo de lo demás".*

El siguiente testimonio de la eficacia de las Cajas de Dios lo da el carretero Jacinto Belladona:

"Cuando me hablaron de las Cajas de Dios, estaba sin trabajo, me acababa de abandonar mi mujer y comencé a tener complicaciones renales. Por consecuencia, me sentía amargado, reventando de rabia y con marcadas tendencias suicidas. Entonces me regalaron una Caja de Dios, yo escribí mis problemas y pedía ayuda al Todo-Misericordioso. En el término de cinco días se me ofreció un nuevo trabajo de cargador en el mercado; mis riñones me dejaron en paz y mi mujer volvió conmigo. Además, perdí el horror que hasta aquel momento había tenido al futuro. Una paz desconocida para mí me poseyó. A partir de ese momento supe que Dios es de veras la fuente de todo lo bueno y que la voluntad nuestra no puede contra nada".

"No olvide que además de hacerle a su querida mamacita un obsequio que se multiplicará con creces a lo largo del tiempo —continuaba explicando

el volante—, *usted ganará también el favor del Señor porque todo lo recaudado con la venta de estas milagrosas Cajas de Dios favorecerá a los fieles de nuestro templo.*

"Recuérdelo, con sólo cien pesos comprará a su mamacita del alma un regalo que seguirá obsequiándole dones para siempre".

La primera Caja de Dios la compró Chimpa, el secretario hereje, con el malvado propósito de llevarla al billar y tener motivo para burlarse de tan decantados poderes de Dios. Los que ese día se hallaban en el billar le seguían la corriente y reían hasta saltárseles las lágrimas. Sin embargo, cuando comenzó a oscurecer, a hurtadillas y disimulados por la penumbra, después del rosario, se escabulleron en el templo y al irse reconociendo en la larga cola del confesionario, comprendieron lo oneroso que es vivir con el temor a la ira de Dios, *"porque la cajita podrá ser un truquillo del Reve Rabi, pero Dios es Dios y naides se la juega con El"*, comentaba después Abundio, el panadero, el primerito de la cola para confesar.

Para el padre Martín resultaba difícil al principio darles la penitencia: por un lado le costaba disimular el deleite porque esa tarde la mentada cajita milagrera del Rebe Rabi había sido motivo de multiplicada chacota y también porque gracias a tales burlas sus ovejuelas descarriadas volvían al redil, digo, al confesionario, ergo a *"la Iglesia verdadera"*.

Por otro lado, condenaba las chanzas a los poderes sagrados de Dios, *"y nada menos que en un antro de pecado como es el billar, ¿se dan cuenta ustedes de la enormidad del sacrilegio cometido hoy contra nuestro Señor? Por lo mismo la penitencia ha de ser del tamaño de la culpa: ir a misa todos los domingos y fiestas de guardar por dos meses seguidos es poco para la monstruosidad cometida"*, iba diciéndoles uno a uno con voz dramática de benevolencia.

Sin embargo, acabada la confesión y rezados tres padrenuestros y avemarías, les faltó tiempo para ir a comprar (también a hurtadillas), la Caja de Dios... *"porque no bastarán las misas dominicales de dos meses para aplacar las iras del Cielo que pueden caer sobre nosotros y nuestras familias en forma de pestes"*, explicaba Manolo, el limpiacaños. Fue así como las Cajas de Dios comenzaron a venderse como pan caliente. Además, las mujeres, aunque fidelísimas seguidoras del padre Martín, no querían perder la oportunidad de pedir algunos favorcillos, *"total son sólo cien pesos que sisados de la compra, quién quita que se multipliquen"*, razonaban para sus adentros y también se dieron a adquirir la cajita de marras.

Dentro de la caja venía un cartelito en letra gótica con esta leyenda:

Si quiere satisfacción completa con esta milagrosísima Caja de Dios, siga al pie de letra tres condiciones:

1. Nada pasará si usted no pide lo que necesita.

2. Debe hacerlo en secreto.
3 Ha de tener fe absoluta de que su petición se cumplirá.

La fama milagrera —todavía no tengo constancia de ningún milagro— de las Cajas de Dios se diseminó más allá de las fronteras de Nograles, con lo que las ganancias de La Gran Iglesia de los Desamparados se multiplicaron con creces. Y así, Memito Conejo, alias Rebe Rabi, comprobó una vez más que frailes y curas habían acertado acerca de su aptitud mercantil.

Con este último lindo negocito y muchos otros, además de inversiones en la bolsa y compra venta de bienes raíces, La Gran Iglesia de los Desamparados se enriqueció a tal punto que pronto levantó un edificio que sobrepasó en tamaño y esplendor al católico de estilo colonial. Por supuesto que al padre Martín le rechinaban los dientes, pues el pobre, con las anémicas limosnas dominicales apenas si alcanzaba a repellar y revocar los desconchados de su viejo templo:

—No cabe duda de que ese maldito pastor tiene pacto con el demonio. Con esa cara que se gasta de cretino, ¿de dónde iba a sacar el talento para tanta ostentación?

Lo que el padre Martín no sabía era que precisamente por su capacidad mercantil y no por artes demoníacas, Memito Conejo se vio obligado a dejar primero el convento y después el seminario en su juventud.

128

Pronto, también, el Reve Rabi, quien se pasaba predicando el abandono de todas las posesiones materiales *"como manda nuestro Señor Jesucristo"*, se mudó a una casa ostentosa con piscina y cancha de tenis, que mandó construir para él. Y por supuesto, se movilizaba a predicar de pueblo en pueblo en Cadillac último modelo, provisto de los más recientes dispositivos electrónicos.

Cuando algún incauto iba a chismearle acerca de las rabietas y comentarios que el padre Martín hacía de él, Reve Sabi, muy campante y con la dignidad y autoridad propias de su rango, *"que se vaya a... leer* **Números** *11:16-17 y que aprenda a Moisés, el escogido de Dios"*, respondía.

—¿Y qué le pasó a Moisés con esos... números, Reve Rabi?

—Pues Moisés estaba muy agobiado por las muchas responsabilidades que le imponía ser caudillo del pueblo judío y tener la responsabilidad de conducirlo a la Tierra Prometida. Además, no contentos con el maná del cielo, los israelitas pedían carne. Dios habló a Moisés y le dijo que escogiera a los setenta ancianos más prudentes del campamento. Una vez reunidos los setenta, ocurrió el prodigio: Dios descendió y repartió entre ellos el espíritu que le había insuflado a Moisés, con lo que los setenta comenzaron a profetizar. Un chivato —nunca faltan los de esa viperina especie—, vino a él y le dijo: *"Moisés, has de saber que Eldad y Medad, que no contaban entre los setenta escogi-*

129

dos, ni tampoco se presentaron ante el Tabernáculo, se han constituido en falsos profetas porque están profetizando".

"Mi señor Moisés, debes impedírselo", le aconsejó Josué. La respuesta de Moisés fue la que el Padre Martín debería darles a ustedes en lugar de despotricar contra mí.

—Pero... ¿qué contestó Moisés?, replicó el cizañero con ansias de saber qué iba a comadrearle al Padre Marín.

—*"¿Tenés celos por mí?",* preguntó Moisés y en seguida agregó: *"Ojalá que todo el pueblo de Dios profetizara y que el Señor pusiera sobre ellos su espíritu... y yo agregaría: para aliviar de mis hombros la tarea de abrirles ojos, oídos y mentes a ciegos,* sordos y... papanatas".

El pituflero no se amostazaba y más bien corría al padre Martín a contarle con remiendos y añadidos lo que había dicho el Reve Rabi, para ponerlo más rabioso y hacerlo despotricar contra *"ese endemoniado protestante que ha traído discordia, inquietud y división a este Nograles que antes fue un modelo de paz y unidad".* Entonces, además de los ataques personales sobraban los revuelvecaldos que con calumnias atizaban el fuego de la discordia entre los dos hombres de Dios. No es de extrañar, pues, que las distancias crecieran entre el católico líder espiritual y el protestante.

130

Después, Memito Conejo, alias Reve Rabi, comenzó a recaudar fondos para socorrer a los que padecían hambre y persecución en el mundo, *"para el sinfín de víctimas de tanta guerra y calamidad de estos tiempos apocalípticos en los que ya se perciben las sombras nefastas de los cuatro jinetes de la profecía".* Y como en el fondo de todo ser humano persiste arraigada la ancestral culpa de todos los tiempos que se alivia o disimula con la limosna o la donación, unos y otros depositaban su óbolo... pero nunca lograron comprobar que esos dineros llegaran a aquellos desgraciados. En cambio corría la voz de que el Reve Rabi se había comprado una lujosa quinta en San Isidro de Coronado donde mantenía a una despampanante rubia que se paseaba en un Mercedes Benz recién salidito de la fábrica. Hago constar que yo nunca comprobé nada de esto, sólo vi a menudo a Memito Conejo, alias Reve Rabi, ir rumbo a San Isidro de Coronado.

Para acallar tanta habladuría y seguir contando con el apoyo incondicional de sus adeptos, Memito Conejo, alias Reve Rabi, abrió el domingo su prédica con el consabido *"¡Aleluya, Aleluya!, ¡gloria al Señor! Los Evangelios dicen* (**MATEO 10**): *aquellos que predican las buenas nuevas de Jesús serán perseguidos, llevados ante tribunales y juzgados como peligrosos. Con calumnias de toda clase quieren amordazarme y silenciarme porque yo les hablo la verdad y porque mi único negocio —lo he repetido varias veces— es hacerles acercarse a Crito y verlo cara a cara. Pese a* *las maledicencias, yo los amo a todos, y porque los amo, voy a darles la fórmula para gozar de perenne salud espiritual: ustedes no lograrán nada en este mundo hasta que no lo inviten a El, nuestro Señor Jesucristo, a habitar en su corazón, para efectuar en ustedes el milagro de su amor, para regular su vida y su trabajo según sus santos principios".*

En otra ocasión, para demostrar su celo de pastor, se salió con una de las suyas, la más sonada, tanto, que hasta ocupó grandes titulares en **LA NACION, LA TRIBUNA, LA PRENSA LIBRE** y otros diarios. La idea la concibió cuando recordó que en la época colonial hubo un santo o beato, quien escandalizado por los desórdenes morales de aquellos tiempos, salía cada atardecer acompañado de dos frailes legos. Un monótono campanilleo en la penumbra del ocaso, como un aviso apocalíptico, era el anuncio de que, pecadora que encontrara en su camino iría a parar sin miramientos de ninguna clase al beaterío de donde no saldrían ya más si no era para casarse. Las mujeres de vida ligera y libidinosa, más valía que no tropezaran con él en su trayecto crepuscular, porque quiéralo que no, las arrastraba consigo, hasta de los pelos, si era necesario, *"para la salvación de su alma y la de los incautos seducidos por sus embelecos"*, explicaba para justificarse. Memito Conejo, alias Reve Rabi, comprendía que esos tiempos y métodos ya eran idos, de modo que echó mano de nuevo a sus habilidades pecuniarias. En su prédica del domingo se dedicó a hablar del Apocalipsis y que ya se estaba anunciando el Juicio Final:

132

—¿Qué como lo sé? Porque la humanidad, identificada con Lucifer, quiere también igualarse a Dios y con endemoniados inventos científicos (bomba atómica, inseminación artificial, niños de probeta, corazones artificiales, ¡que se yo), como si poseyera poderes sobrenaturales, pretende destruir el mundo. Entonces se cumplirán las profecías bíblicas JUAN, capítulo 6). Siguió hablándoles de los cuatro jinetes del apocalipsis: del blanco, el anticristo representado por los poderes bélicos y políticos de cada nación, los cuales planean entregarlas al control global de una sola. El jinete rojo, la tercera guerra mundial que ya se avecina con tanto armamento, proyectiles, tanques bélicos y misiles, todo subvencionado por las superpotencias. El jinete negro, la famina que comienza a verse por doquier y está exterminando a pueblos enteros. Y el jinete pálido, muerte e infierno.

—¿Y quién podrá escapar? En verdad les digo que es nuestro deber no sólo cuidarnos de nuestra salvación personal —proseguía a sabiendas de que había impresionado ya a sus fieles a la medida de su deseo—. No basta con eso para salvarse. Es importante y necesario cuidarse de salvar a los otros, los que viven en el pecado y la perdición. Yo les propongo ahora mismo un plan seguro, efectivo y que debe aplicarse inmediatamente.

Esa misma tarde, los feligreses protestantes comenzaron a poner en práctica su plan, y fue tal su impacto y resonancia en Nograles, que apareció en los titulares de los periódicos:

133

PASTOR PROTESTANTE DE NOGRALES OFRE-CE 500 PESOS AL QUE AUMENTE SU COSECHA DE PECADORES.

Nograles.—El Rev. William Rabbit espera recoger una buena cosecha de almas... ¡a 500 pesos por cabeza!

El Rev. Rabbit, pastor de La Gran Iglesia de los Desamparados, paga a los miembros de su congregación protestante 500 pesos por cada nuevo pecador que traigan a su templo para convertirlo a las doctrinas y moral cristianas. La campaña comenzó el domingo de Pentecostés, cuando el Rev. Rabbit dio instrucciones a su congregación *"para irse por las calles, establecimientos, a todos los rincones sórdidos de Nograles, de la provincia y del país entero, a convencer a la gente, con amor, que se una a su iglesia porque ya se escucha el ominoso trote de los jinetes del Apocalipsis.*

La única condición para entregarles los 500 pesos a los feligreses es que los nuevos miembros de La Gran Iglesia de los Desamparados asistan a los servicios religiosos, a la doctrina dominical y clases sobre la Biblia por siete semanas consecutivas.

"Todos están muy entusiasmados pues saben que es correcto lo que hacemos porque es para glorificar a Cristo, nuestro Señor", comenta emocionado el Rev. Rabbit. Agregó también que los participantes en el proyecto han sido debidamente entrenados pues su misión redentora será tratada como un oficio.

134

"Ellos predicarán a la gente que Cristo es 'el camino, la verdad y la vida' (San Juan 13:6-7) y que sólo podemos ir a Dios por medio de Cristo", dijo el pastor. *"Agregó después que dicho programa reforzará la fe de los nuevos miembros a los que 'se tratará de proveer de trabajo para que no deambulen ociosos por las calles ni los tiente el demonio que siempre trabaja con eficacia donde hay grandulería, necesidad y falta total de espíritu religioso".*

El Rev. Rabbit calcula que por lo menos el 20% de su congregación y el 40% de los habitantes del pueblo no tienen empleo. *'Qué mejor misión cristiana que ocuparlos, remunerar sus diligencias y hacer de ellos discípulos de Cristo?* Afirma que en su Iglesia *'la mies es mucha y los obreros pocos' (San Lucas, 3:6-7)*. Con nuestro proyecto pretendemos no sólo suministrarles *'el alimento perecedero, sino también el alimento que permanece hasta la vida eterna' (San Juan, 6:27-28)"*, concluyó el pastor.

Por supuesto, al cundir la noticia por el país entero, unos por curiosidad, otros por indigencia, los menos por fe, se acercaron a Nograles. De este modo la cosecha de pecadores medró a tal punto que el Reve Rabi se vio forzado (es lo que él afirma, pero yo tengo la corazonada de que de nuevo asomaron los visos del mercader codicioso) a buscar renovados medios para robustecer los fondos de las arcas eclesiásticas. Entonces le dio por efectuar cambios radicales en La Gran Iglesia de los Desamparados: sobre el tí-

135

tulo máximo de rector que oficialmente ya le habían asignado, se impuso a sí mismo el de Maestro (con mayúscula, por supuesto). También escogió a doce de entre los feligreses más avispados y capaces; a cada uno de ellos lo rebautizó con el nombre de un apóstol y al doceno, al que le habría tocado el de Judas, muy juiciosamente le dio el de Matías, propio de aquel que reemplazó al discípulo traidor después de muerto. Compró extensas hectáreas en los altiplanos donde se daba mejor el café. Con éste, se cultivó el banano para darle sombra y venderlo a la United Fruit Co. En unas cuantas hectáreas de terreno también se plantaron y cultivaron hortalizas y árboles frutales para uso de la comunidad. Los reinos del Maestro Reve Rabi (ahora llamado así), se fueron dilatando muy presto. Entre prédicas, rezos y promesas de bienestar y bonanza, fue arreando a los incautos a *"La Tierra Prometida"* (Nombre que dio a sus dominios), para labrar la tierra y recoger cosechas, no de pecadores, sino de frutos venales. *"Maestro"* y poderoso gamonal, con los evangelios en una mano y el látigo en la otra, fue multiplicando diez veces cien y más los 500 pesos invertidos en cada uno de los nuevos afiliados a su Iglesia. A éstos le dio por llamarlos *"proletarios del Señor, porque su salario no lo recibirán en este mundo, sino cuando contemplen en el más allá la beatífica faz de Dios"*. Con magra comida y quince horas de laboreo y seguido bajo el sol tórrido y las violentas lluvias del impío trópico, se apoderó del Maestro Reve Rabi la lepra incontenible de la codicia.

136

A cada uno de los discípulos le asignó un cuerpo de guardias con disciplina de hierro, bien equipado de armas y con órdenes estrictas de atemorizar a los blandengues, desmadejados, y que daban señales de aflojárseles la fe de otrora.

En Nograles corrió la voz de que Pedro, el capataz en cuyos hombros reposaba todo el peso de La Gran Iglesia de los Desamparados, era un fugitivo del Presidio San Lucas donde cumplía una sentencia por dos crímenes. El perdón del Maestro Reve Rabi y su capacidad para infundir miedo con pegajosa sonrisa y voz tenue como la brisa vespertina en tarde cálida, lo elevó a la categoría de discípulo ejecutor de los designios del Maestro. Además, los enchufles políticos del Reve Rabi con ministros y diputados lo hacían invulnerable ante la ley y le daban inmunidad completa ante las autoridades civiles.

Quien está de plácemes, es el padre Martín, pues todo el tejemaneje del culto protestante se desplazó a "La Tierra Prometida". En Nograles sólo de cuando en cuando el templo de La Gran Iglesia de los Desamparados celebra alguna que otra ceremonia sin trascendencia y que por ende no representa ninguna amenaza para su parroquia. Sin embargo, el padre Martín no las tuvo todas consigo hasta que el viento no bajó con rumores de que el Maestro Reve Rabi había desaparecido sin dejar traza alguna de su paradero. Corre también el runrún de que alguien vio al Maestro Reve Rabi en Miami, codeándose con los **JET-SETS** del mundo gringo; y que el capital recogido por

137

sus discípulos a costa de sudor y sangre de los feligreses vuela muy segurito a los bancos de Suiza. Las hablillas no paran en eso, pues también se afirma que quedan en *"La Tierra Prometida"* sólo zombis drogados con tetrodoxin, método aprendido por Pedro, el capataz, de un haitiano compañero de celda, el cual practicaba la hechicería allá, en el presidio. También se repite que el Maestro Reve Rabi murió asesinado por Matías, el discípulo que ocupó el lugar de Judas, el traidor. Además, que Pedro, el capataz, está regentando *"La Tierra Prometida"* con los otros once discípulos bajo su mando... ¿otro Jonestown? Ya se sabe que la codicia rompe el saco.

—Aquello de *"La Tierra Prometida"* es coto cerrado, cerradísimo; tanto, que mis esfuerzos por averiguar la verdad han sido hasta ahora infructuosos. Prometo contarles tan pronto se confirme algo, lo que sea. Paciencia. La poli hace indagaciones. Entretanto, aquí en la cantina, mientras saboreamos el guaro y las cervezas, escuchemos cómo tañen contentas las campanas del padre Martín. Parece mentira, amigos, ¡cuánto daño se hace en nombre de quien sólo vino a este mundo a traer la paz, amor y justicia! ¡Cuánto se usa el nombre de Dios en vano! Hasta me entran ganas de empezar una nueva secta para enderezar entuertos. Bueno, prometo que cuando averigüe algo más del paradero del Maestro Reve Rabi, vendré a tomarme otras cervecitas y a contarles cómo termina esta historia.